U0725812

图书馆精选文丛

闲话三分

陈迩冬　著

三联书店

图书在版编目（CIP）数据

闲话三分 / 陈迩冬著. —北京：生活·读书·新知三联书店，
2021.1（2021.11 重印）
　（图书馆精选文丛）
　ISBN 978 – 7 – 108 – 07000 – 5

　Ⅰ. ①闲…　Ⅱ. ①陈…　Ⅲ. ①《三国演义》研究
Ⅳ. ① I207.413

中国版本图书馆 CIP 数据核字（2020）第 219547 号

责任编辑　唐明星
装帧设计　刘　洋
责任印制　董　欢
出版发行　**生活·讀書·新知** 三联书店
　　　　　（北京市东城区美术馆东街 22 号　100010）
网　　址　www.sdxjpc.com
经　　销　新华书店
印　　刷　河北松源印刷有限公司
版　　次　2021 年 1 月北京第 1 版
　　　　　2021 年 11 月北京第 2 次印刷
开　　本　880 毫米 × 1230 毫米　1/32　印张 5.75
字　　数　99 千字
印　　数　6,001 – 9,000 册
定　　价　28.00 元
（印装查询：01064002715；邮购查询：01084010542）

写
在
前
面

三国故事是人们耳熟能详、津津乐道的。不过人们心目中的三国故事大多来自罗贯中的小说《三国志通俗演义》（通称《三国演义》），而非演义主要依据的史书《三国志》，对于小说与史书之间的关系，大多不甚了了。清朝章学诚认为《三国演义》"七实三虚惑乱观者"，指出了其中的虚构性，但作为小说的评语未免苛刻。

陈迩冬先生这本《闲话三分》，将《三国志》和《三国演义》结合起来评说，亦文亦史，拓展出别开生面的视野。

书中澄清了许多流传已久的观念，勾勒出许多历史真相。对刘关张桃园三结义、关云长义释曹操、铜雀春深锁二乔等等脍炙人口的故事，一一循"虚"入

“实”，点出小说与史实之异同，还原历史本来面目，化“腐”为新。同时，对小说的艺术创造也进行了充分肯定和多层次的分析。指出“经过作家的艺术加工，读者的心赏神会，数百年的流传，这种‘故事新编’已成不朽的名著，其魅人之力，远远超过了其所依据的古史旧志”。由于作者将文与史之间的关系把握得恰到好处，对于读者理解三国的历史和《三国演义》的艺术成就都颇具启发。

书中文章最初为专栏连载（成书经过详见《再版后记》），篇幅不长，每篇从一条线索写起，看似闲闲写来，却能独辟蹊径，以小见大。舒芜先生评之为“虽是一本小书，而文心史识，意趣笔墨，四美并具”。作者是文章大家，文字纵横自如，加以见识通达，在短小的随笔中包含着丰富的视点，耐人寻味。虽写故实，偶尔将现代的“流行语”信手拈入文中，遂穿越了历史和当下的世态人情，令读者会心一笑。

陈迩冬先生生于 1913 年，卒于 1990 年。年轻时即善诗文、灯谜，有“桂林才子”之称。抗战期间以新诗、小说、小品文等创作走上文坛。解放后曾在山西大学中文系任教，1954 年调至人民文学出版社，在古典文学的整理编辑、出版普及上做出了重要贡献。

他不但是著名的古典文学研究专家，而且是著名的诗人。一生从写旧诗到写新诗，又转而写旧诗，始终不改诗人本色。著有历史剧《战台湾》、传记《李秀成之死》、短篇小说集《九纹龙》、叙事诗《黑旗》等。他选注的《苏轼诗选》、《苏轼词选》、《韩愈诗选》负有盛名。

生活·讀書·新知三联书店编辑部

2014 年 3 月

目
录

看完《闲话三分》的闲话

顾学颉

迩冬兄《闲话三分》报上连载既毕，将编辑出书，嘱我写序。我平生最怕为人写序，也不会写这类文章。但提到"三分"，不由得引起一点兴趣和儿时情景的追忆。因而不免也闲话一番。不过，很不像一篇正式的序言；塞责过去，也就罢了。

我和古典文学打交道，除了读"经书"之外，最早的一部作品，大概就是《三国志演义》。大约七八岁时，在私塾念书，已读完《孝经》《诗经》《左传》几部经书。每天完成老师规定的读、背、讲、温若干页的正课之后，闲着无聊，起初溜到外院去玩；腻了，很无聊，就带去一本《三国演义》，不敢公开看，就放在抽屉里，开一道缝，低着头看。石印本字极小，很费劲，还不时抬起头装作正在读书的神气，怕老师发现了受责备。《演义》是用半文半白的文字写成的，我那时的水平，勉强可以看懂，有的地方也不求甚解，马虎过去。偶尔遇上难识的字或典故及长篇大论，就跳过去不看。有时性急，不知道故事结果如何，某人死了没有，等等，就翻过几页看个究竟。不料有一天老师见我老低着头，不知在干什么，一查看发现了秘密。他倒很开明，说，正课做完了，这种书（意思是正经书，不算坏书）可以放在桌上看。他怀疑我是否能看懂，要我讲一段他听。讲完，很满意。但还要考验一下，指着书上"埋伏"二字要我讲，意思猜的还差不多，但把"埋"误认为"理"，逗得他大笑。说实在的，埋字我还是认识的，只因字小、光线暗、距离远看不清，看书时总把它当作理字马虎看过，以致闹了笑话。后来，他作为笑谈告诉我父亲。二兄仲伊怕我再弄错，换了一部大字的刻印精美、附有图像和读法的给我。好长一段时间，它成了我的"枕中鸿宝"。有时看着了迷，连觉也不睡。记得第一遍看到关羽走麦城，放下书几个月不想再看。五丈原诸葛亮之死，更为他伤心落泪。那时，还有几个比我稍大一点的伙伴，夏天乘凉，聚在一起高谈阔论，提出一些有趣的怪问题，互相质难。有人问：赤壁之战，曹营里到底是多少人马？有人问：全书里有几个人没有下落？有几个骑驴的？徐庶到曹营出过主意没有？吕布、马超、关、张谁的武艺最强？还有，为什么曹操是奸臣、大家不喜欢？等等。彼此辩论、反驳，争得面红耳赤，几乎打起架来。一次，辩论得最热烈的时候，顾不得周围发生了什么事情。散伙后，一个同学才发现他的被子被人偷走了。于是，这件事成为大人们禁止我们在一起谈《三国演义》的一条正当理由。

之后好些年，外出上学，接触的书多了一些，但功课紧张，只有暑假回家，才是饱看小说的大好时光。家里有一个大园子，树木花草颇盛。我最爱在竹林旁一棵高大的苦楝树下边，放一张深黄而光滑冰凉的大竹床，床边一个大矮凳、一把茶壶、一堆书，《水浒》《红楼梦》《西厢记》、杜诗、《文选》和几本新小说，其中自然也有《三国演义》。拿一把蒲扇，躺在竹床上，信手抓起一本，无头无脑地随意看。绿荫蔽日，紫竹摇曳，蝉鸣鹊噪，凉风阵阵，真如陶渊明所说的"羲皇上人"了。困了就睡，醒了喝杯茶，再抓一本什么书，不分卷页，从中看起。有时醒来，忽然发现多了一盘母亲送来的白蜜桃、大梅子，甜酸香脆，饱餐一顿之后，又继续看。这些书，翻来覆去，也不知看了多少遍，有些片段，当时还能背诵，但很少是从第一页看到末尾的。这时，理解、欣赏能力略比以前高了一点。这种非常有趣的读书方式和环境，是我一生中最难忘记并经常忆恋的。十年浩劫中，在干校将"奉命退休"时，曾有句云："此日真堪隐，平生恋晓园。"——晓园，就是上述的我父亲营建的那个园子；而所恋的，主要是那些花花草草，尤其令人忆恋的是那个幽静恬淡的环境和默默的慈爱。——直到大学毕业，在十几架日本飞机盘旋轰鸣之下才离开这个地方，以后再也没有机会、也根本不可能再见到它了！而《三国演义》，在我脑子里，也逃走得无影无踪了。

也真巧，事隔多年，解放初，人民文学出版社成立不久，文化部调我去工作。没料到交给我的第一个任务就是整理《三国演义》出版。这时才又想起阔别多年的这位"好友"。叫我整理，其实是看校样，在校样上做点修修补补的工作。我接手之前，已有人大笔一挥，在原书上掐头去尾，大删大改，面目全非。我认为这不是办法，坚持恢复毛宗岗本原貌。但版已排好，领导同志叫我适当地恢复较明显、重要的部分，"后人有诗赞曰"之类的诗已删去就算了。但我仍尽量保持原貌，一些大家的诗也恢复了一些，并作了一点极简单的注释。由于出版部门和工厂催着快印，过期要罚款，来不及详细校订就匆匆问世，这就是解放后《三国演义》第一版的经过。

因为我与新版有关，报刊约写文章，评介该书。于是接连写了长长短短几篇文章；各地也相继登载了讨论此书的论文，出版社还编印过一本研究论文集，算是解放后研究《三国演义》的一次小小高潮。但它的命运，不及《水浒》行时，更比不上红得发紫的《红楼梦》。十年浩劫，戏看八样板，书读一《红楼》，它虽没像《水浒》被打成"反革命"，但也遭到冷落，"靠边站"了许多年。

"物极必反"，大约还有几分道理。最近几年，《三国演义》继《水浒》《红楼梦》之后，似乎又有点儿转运了。各地组织学会、研究会，可惜我年老身体不好，未能前往参加，也没有精神再写文章。预料今后《三国演义》的研究工作，必将达到一个崭新的水平。

就我自己来说，和这部小说的因缘，从二十年代到八十年代，从七八岁的小孩到七十多岁的老头，经历了半个多世纪。人嘛，饱经忧患；书嘛，历尽沧桑。

值得庆幸的是，人和书似乎有着同样的命运——借用陈后山的一句诗："向老逢辰意有加"。谨在此预祝这部名著的光辉长在！上面写了许多，还不曾谈到本题，现在言归正传，仍然得从幼年看《三国演义》说起。

话说自从老师许可公开看书以后，经过反复阅读谈论，脑子里产生了一些问题；还听人说，故事都是瞎编的、假的，也有人不同意。一天，在父亲的书橱里，偶然发现一部名叫《三国志》的大书，翻开一看，显然与我看的《三国演义》不同；但曹操、诸葛亮、关羽等人的名字又都在内。便就《演义》中那些疑难在这部书里寻找，求得对证。翻来翻去，有找着的，也有几天也找不出的；还有许多句子看不懂，只得作罢。——可以说，后来我搞古典文学，搞点小考证，兼读一些史籍的兴趣、爱好，除了别的因素以外，《三国演义》作了我的无形的启蒙"向导"。

年龄稍大以后，略知道文和史，历史小说和正史的联系和区别，文艺中的真实和虚构的关系，因而具体想到《三国演义》"七实三虚"的评论。章学诚"七实三虚"的说法对不对呢？如果再从文学技巧、典型塑造来看，作者为什么要虚构？如果再问：哪些是虚中有实，哪些是实中掺虚？如果还问：哪些虚、虚得好，有助于典型形象的丰满？哪些虚、虚得坏，有损于故事情节的完整？还有：陈志和裴松之注的原始材料，作者采用了哪些？摒弃了哪些？张冠李戴挪用了哪些？为什么？还有：历代民间传说资料，戏剧、说话资料，作者又汲取了哪些？另外，一些人物的年龄、性格、行为、社会关系、言谈笑貌等等，有真有假，或增或省，一一又如何？这些，我统统无法回答。

这样看，要答复这些问题，要既懂史又懂文，既搞一点文艺理论，又搞一点小考证；还要亦庄亦谐，且文且白，雅俗共赏，老少咸宜，谈出来人家心里服，写出来人家喜欢看。不能板起面孔搞考证，不能枯燥无味讲理论，更不能游谈无根、油腔滑调，专门玩弄噱头。可见：难矣哉！

正在《三国演义》研究进入新的高潮之际，很有幸，陈迩冬兄为我们解决了这一难题。记得前几年他同我谈过想写三国闲话的事。后来忽然在《光明日报》看见他的大作《闲话三分》连载，又在《团结报》看见他写《三分支话》。"三分"这个词儿，诸葛亮《出师表》已开始用。迄后，唐宋诗人词人都常用。宋元说话人中还有专门"说三分"的。仅看报上的题目，他不用《三国演义》而用"三分"，就知道他的用意和写法，是兼指史实与小说的，是要把《三国志》和《三国演义》结合起来谈的。果然，一篇又一篇证实了我的看法，一篇又一篇解答了过去存在已久的一些疑问。他用轻松的笔调，闲谈的方式，生动活泼，结构灵便，一篇讲一件事，自成单元，联合成书，又首尾完具，让人看起来有趣味，放下书有想头，深入浅出，亦文亦史，的确是不可多得的一本案头清供。

外行话《三分》

端木蕻良

说起来也真有意思，我第一次看《三国演义》本子，是我的出生地——昌图县衙门排印的。民国成立，我们县来了一位新派县长，他是广东人，把旧式牢监改为新式监狱，由南方买进一台平印机，训练犯人印书，这部《三国演义》就是在这种革新声中产生的。它是连史纸、三号铅字印的大开本，前面有绣像，是位老艺人绘制的。我还曾把它当画本临摹过。

不过，我真正阅读《三国演义》，还是汪原放的标点本。更后，才看到毛宗岗本。《三国演义》在我脑海中，占有很重要的位置，但嫌它文字有些半文半白，我阅读的次数就减少了。我自幼就是个白话文派，这便影响我看《三国演义》，没有看《红楼梦》和《水浒》那么勤快认真了。可是，有关《三国演义》的论说，我倒是不大放过的。对迩冬写的《闲话三分》，我更是个热情的读者。

迮冬在写作期间，有四五次病重，住进医院抢救，输氧输液。出院不久，还是续写下去。他对《三国演义》，对《红楼梦》，都可以称为正牌知己。现在，他要我来为这个集子序说几句，他在病中写信来，我也在病中写信去，我俩都不能随意走动，趁着目前还可以笔谈，我想，就该尽量利用。所以，不揣冒昧，写几句外行话，想来读者也会谅解的。

回想抗战期间，我入川时，看到重庆有些人以白巾缠头，这种习气传流下来，据说是为诸葛亮戴孝；在长江上，我还看到过江心的八块巨石，人们指点着说，这就是诸葛亮练兵的"八阵图"。后来我去云南，听到了更多有关诸葛亮的故事，如用藤编织腰带；有的少数民族驮东西不放在背上，却挂在脖子上等等，都传说是诸葛亮教的。可见诸葛亮的影响，是何等深入人心。对于这些，当然不能低估，但简单说是由于《三国演义》的渲染所致，是不足以说服人的。这里有着历代相传的"口头文学"的功劳在内。"口头文学"和当事人联系是最紧的，和人民的关系也最直接。人们并没有给诸葛亮穿上八卦仙衣，而是把他看成是智慧的化身，说起诸葛亮来，就像谈到一位既熟悉又亲切的老朋友那样。

我对把陈涉年号列入正史，以曹魏年号纪年的史家，都很佩服。因为从历史发展来说，保持刘汉传统，实在没有什么意义。这一点儿也不妨碍我对诸葛亮有特殊好感。从曹操的《蒿里行》等一些诗歌中，就可以看出，汉末社会已经全面崩溃。人们厌弃军阀混战，希望能够再度出现大一统的局面，是当时的普遍社会心理。董卓暴尸街头，人们在他的肚脐上点蜡烛，作为他吸尽民脂民膏的回报，正好说明这一点。当时凡是致力于推翻董卓的人，都被看作是义士，曹操也是这样得到义士的称号的。

那么，聪明绝顶的诸葛亮，为什么在"隆中对"时，就认定"天下三分"是必然趋势呢？而且，他为什么要把自己的文才武略，偏偏沾到刘备这片西瓜上去呢？

"使君与操"是最有头脑的人物，理该进入当代英雄的行列，这没有错。可是，曹操为人，唯才是用，诸葛亮为什么要舍曹附刘呢？这决不是知其不可为而为之的事儿。取天下，是要看到力量和前景的，如果明明知道是死胡同，偏要去走，那就不成其为诸葛孔明了。诸葛亮早有分析，而且成竹在胸。

诸葛亮认识到：

一、在大变乱中，人们厌弃军阀混战，相比之下，人心思汉。刘备好歹可以扛起汉的旗帜来。二、诸刘多半庸劣，唯刘备担负复汉的任务，还有成功的前途。否则就谈不上什么"淡泊明志，宁静致远"了。三、东吴有其世袭的文武系统，曹操早已和天下豪杰取得联络，诸葛亮无论参加到这二者的哪一边，都不会得到"言听计从"的待遇。四、诸葛亮受到刘备"三顾"之后，才答应出山，实际上也就是取得对他放心放手的信任。当然，他取得了这些。不过，这都是较好的条件。还有最不利的，那就是刘备没有一个地盘。因为刘备只是一个有名无实的"中山靖王之后"，其他什么都没有。所以，诸葛亮就使出"借地不拆屋"的锦囊妙计，为他弥补这个致命的弱点。这样，才完成了"蜀"这个历史角色，出现了真正三分的局面。

究竟鹿死谁手，这就要看如何为了。说诸葛亮"知其不可为而为之"，从出山之日起，就以一个失败主义者自居，是不对的。道理十分明显，试想，刘备的儿子是"阿斗"，失荆州，斩马谡等等，他在隆中能够预知吗？当时，诸强蜂起，群雄并立，由于错综复杂的纷争兼并成为三股力量，然后再通过政治和军事的对比消长，才能达到统一局面，打开历史的新页。这就是一部《三国志》。但由谁来统一，还是一个未知数！

诸葛亮定远交近攻的军事战略，也正是为大一统而制定的。杜甫说"江流石不转，遗恨失吞吴"是对的。诸葛亮联吴伐魏，其实最后的目的，也是"吞吴"。先要吴北伐，削弱魏，同时也是削弱吴。待魏被削弱，魏就自己纳入蜀的囊中，这时蜀便可有力取吴了。诸葛亮的大一统，是绕着弯子来求得实现的。

也有人说，诸葛亮如不插上一手，魏就可以早得天下，战乱期间就可以缩短。这实际是把诸葛亮放在历史之上了。我们如果客观地把他放在历史之中，这就不成为问题了。

迩冬说三分，多有创见。但他不多作史的外延。比如，他指出华容道"义释"曹操，原是诸葛亮的密计，谈不上什么义释，这是发前人之所未发。但他却不以此为起点，大作文章。我同意他这个论断，诸葛亮此刻是要保全曹操性命。如果曹操此时此地真的死在关刀之下，孙吴就可以进兵北上，蜀既没有那么大的嘴巴和肚皮容下魏的谋臣猛将，刘备也没有那么大的度量消化得了，只好坐看东吴得了便宜，吴的阵容会意外壮大起来。东吴势力一旦伸入长江以北，要它再缩回去，那就难于上青天。不然就是取得荆州以图蜀，刘备更无立足之地了。

迻冬对曹丕的估价，也有卓见。不以个人的喜恶为转移，所以才有说服力。曹操立曹丕为太子，是有鉴于历史的前车之覆，才作此决策的。同时，又谈到曹丕还长于剑术，在创业的魏武头脑中，不会不考虑到这一条的，曹操还有意培养过他。不过，曹丕继位后，收拾宗室，破了格了，自己又死得过早，给司马造成可乘之机，这倒是曹操没有想到的。我同情曹植，但我对迻冬的论断，表示信服。

迻冬治学，旁搜冥求，常能在灯火阑珊处，蓦地发现出不寻常。但他决不大声张扬，却待读者去品味。他的文章耐人思索，但有时也会显得有些儿冷僻。其实，这才是他独特的风格。我和他有几十年的交谊，他在治学上，对我一直有吸引力，也正在这些方面。

他对三国人物的相互关系、地理部分以及门第派系，都下过工夫。这使他论到杨修、魏延、蒋干等人时，都能更接近史实。迻冬是诗人，艺术造诣使他对罗贯中的演义笔法，能进行多层次的分析。对于这位伟大作家的得失，虽未立专论，但在字里行间，也触及到某些得失。《演义》不同于史实，它是艺术创造。但由于写得绘声绘色，罗贯中本人又能文能武，因此，在社会上，《三国演义》已成为公认的斗智斗勇的教科书。努尔哈赤在军旅中，不忘《三国演义》，而且要他的部将们也必须阅读，并且命人把它全部译成满文。

《三国演义》艺术成就极高，它塑造的人物形象，已代替了历史形象。迩冬通过细致工作，还人物以历史面貌，同时，又肯定了罗贯中的艺术创造，对这两者之间的关系，掌握得极有分寸。如对甘露寺，就是最好的分析。近年来，我精力不济，尽量避免引用文字，因为经常忘记出处，校核起来，比新写一篇吃力得多。可是，迩冬在病中，辨证审核，每篇小文，都要做多少繁复的劳动，我只有佩服！

迩冬每有新论，绝不矜夸，更没有作为定论的意思。但是，《闲话三分》澄清了许多流传下来的概念，勾勒出许多历史真相，对于正确估计三国的历史和《三国演义》的艺术成就，都是有帮助的。

最后，还有一点，应在这里指出，那就是作者考订夷州就是台湾，这也是对史学的一点贡献。

一九八五年八月十四日于北京

闲话开头

　　鲁迅先生《中国小说史略》："说《三国志》者，在宋已甚盛，盖当时多英雄，武勇智术，瑰伟动人，而事状无楚汉之简，又无春秋列国之繁，故尤宜于讲说。……'说三分'为说话之一专科，与'说五代史'并列。金元杂剧亦常用三国时事，……而今日搬演为戏文者尤多，则为世之所乐道可知也。其在小说，乃因有罗贯中本而名益显。"

　　罗贯中是元、明间人，在他以前，已有《三国志平话》，有金、元以三国故事为题材的杂剧，他又"皆排比陈寿《三国志》及裴松之注，间亦仍采平话，又加推演而作之；论断颇取陈、裴及习凿齿、孙盛语，且更盛引'史官'及'后人'诗。然据旧史即难于抒写，杂虚辞复易滋混淆，故明谢肇淛既以为'太实则近腐'，清章学诚又病其'七实三虚惑乱

观者’也”。(《中国小说史略》)

在下闲话三分，原是袭用宋人"说三分"之名，想循"虚"入"实"，化"腐"为"新"，庶几不"惑乱观者"。此即闲话之动机。若谓一家之言，则吾岂敢！

先从书名说起：《三国志演义》今本作《三国演义》，不知为何去掉"志"字？罗贯中的"演义"，是演陈寿《三国志》之义，非演"三国"之义。演义为小说之一种体裁，根据史志，敷演其义。原是作家虑及古史旧志，非一般读者所能涉猎，遂以较通俗的文字演其义，使之家喻户晓，经过作家的艺术加工，读者的心赏神会，数百年的流传，这种"故事新编"，已成不朽的名著，其魅人之力，远远超过了其所依据的古史旧志。文胜于史，这是小说家的本领。但是那个"志"字，似可不必去掉的。否则，依约定俗成之例，如《水浒全传》只名《水浒》，则此书径名《三国》，亦无不可。

《三国志演义》是历史小说，也可以说是政治小说。说它是历史小说，是它基本上按照《三国志》改编的。是小说就不妨有实有虚——不管是几实几虚，真人真事之中和之外加以虚构，减或增，取或舍，夸大或缩小，剪接或移挪……都由它。但从这棵树的枝叶花果上可以看出历史的面貌，锯断树的主干可以细数历史的年轮。说它是政治小说，是它揭示了当时统治阶级怎样镇压人民，怎样内部斗争，怎样割据，合纵连横，彼起此伏，尔诈我虞，互相吞并，抢夺地盘，称王称帝……由"合久必分"到"分久必合"。这些政治把戏，只有通过演义才为人民所知。可以说《三国志演义》是比《三国志》更能教会读者识别那时的历史事件、政治得失，乃至三国以前和三国以后的封建社会，治乱兴亡，改朝换代，莫不如此，可以类推。

这是《三国志演义》的最大功绩。

《三国志演义》久流传，而《三国志平话》已渐不为人所知，今日京剧和地方剧中的"三国戏"，也绝大多数是由《三国志演义》出，而很少承继金元杂剧如《赴襄阳会》、《复夺受禅台》……以至于较后的《关公月下斩貂蝉》之类，其原因亦在此。

"桃园结义"与"怒鞭督邮"

　　《宴桃园豪杰三结义》是《三国志演义》的开端，这一开端，颇为后来的人所乐道，更为小说家所沿袭，如《水浒传》写一百零八人"大聚义"，《七侠五义》写"五鼠"结拜……以至于旧社会的帮会、堂口、北洋军阀、国民党……都有"拜把"的风气，如蒋介石和冯玉祥拜了把，称冯为大哥，又早和李宗仁拜了把，称李为弟，互换"兰谱"，上写誓约："谊属同志，情切同胞，同心一德，生死系之。"但是"蒋桂战争"、"蒋冯阎战争"，老蒋雄猜阴狠，何尝有丝毫"义气"在？这当然与"桃园结义"相距天渊，不足道了。

　　其实东汉桓、灵之世，只有"朋党"——朝野的一些"清流"，如周福、房植、窦武、陈蕃、李膺、张俭、杜密……以至出现于演义中的一个次要人物刘表，就是与张隐等同为"八顾"，又与张俭等同称"八及"。这些"朋党"只是名士间的交结，都不是拜把的结义。这且不说，只说桃园结义这回事，是演义的作者受元明间的"江湖"风气影响，而且早于他的《平话》中已定型了，遂沿袭并加深渲染。

陈寿《三国志·蜀书·先主传》："先主不甚乐读书，喜狗马、音乐、美衣服……好交结豪侠，年少争附之。"这位没落王孙刘备，尽管他是汉末大儒卢植的学生，却不肯读书，倒有几分像他的老祖宗刘邦。关、张只是"争附"他的"豪侠"。不过他们之间关系密切，用今天的话说，是"最亲密的战友"。他们确是与别人不同，同书《关羽传》："先主于乡里合徒众，而羽与张飞为之御侮。先主为平原相，以羽、飞为别部司马，分统部曲。先主与二人寝则同床，恩若兄弟。而稠人广坐，侍立终日，随先主周旋，不避艰险。"《张飞传》："少与关羽俱事先主，羽年长数岁，飞兄事之。"这就是编造桃园结义的所本。自始至终，刘备之于关、张，是领导与干部的关系，君臣关系。其中刘、关似乎更密切些，同书《魏书·刘晔传》，刘晔说："且关羽与备，义为君臣，恩犹父子。"至于旧戏还把赵云加入，称为"四弟"，那不仅在陈寿的《志》中找不到一点影子，赵云的地位还在马超、黄忠之下；就是在罗贯中的《演义》中，也没有说过他是"四将军"。

"张翼德鞭打督邮"这件事是刘备亲手干的，《演义》却把这事写在张飞身上。据《先主传》：当时刘备以地方势力参加镇压农民起义，讨黄巾有军功，做了安喜县尉。"督邮以公事到县，先主求谒，不通，直入缚督邮，杖二百，解印绶系其颈，着马柳（捆在马桩上），弃官亡命。"裴松之注引《典略》："其后（平黄巾之后）州郡被诏书，其有军功为长吏者，当沙汰之。备疑在遣中。督邮称疾，至县，当遣备，备素知之。闻督邮在传舍，备欲求见督邮，督邮称疾不肯见备，备恨之。因还治，将吏卒更诣传舍，突入门，言'我被府君密教，收督邮'，遂就床缚之，将出到界，自解印绶系督邮颈，缚之著树，鞭杖数百余下，欲杀之，督邮求哀，乃释去之。"原来刘备是在被"沙汰"、"遣"（就是淘汰、遣散）之列，那位间接代表中央、直接代表郡守来的督邮老爷又摆架子，刘备恼上加怒，就做出这桩事来。《演义》为了要把刘备写得"仁厚"，就移植到"鲁莽"的张飞身上。这一嫁接，故事就活了，人物也活了。

就本人本事看，刘备未尝不有乃祖刘邦那种流氓英雄气质。刘邦看见秦始皇的车驾，就说"大丈夫当如是也"；刘备小时与群儿戏于树下，也说"吾当乘此羽葆"。如果不是史家造谣——我想陈寿不会因为司马迁那样写了他就这样写，看汉朝第一个皇帝和最末一个三分之一的皇帝，多少贯串着一点"家风"。

蔡邕与董卓

蔡邕是好人，是著名的经师、史家、文学家、书法家。董卓是坏人，是土豪、恶霸、军阀、奸臣、屠伯和政治野心家。可是历史太无情，竟把他们拴在同一条死亡线上，蔡邕也算是不忠之人了。

斜阳古道赵家庄，

负鼓盲翁正作场。

身后是非谁管得，

满村听说蔡中郎。

这是陆游有名的诗篇，可见宋代民间说唱文学已将蔡邕其人其事为题材了。元末明初，高则诚写《琵琶记》，更把蔡邕编作不孝不义之人。连明末的妓女李香君（《桃花扇》里的女主角），当她在南京桃叶渡送别侯方域公子时，也唱《琵琶记》中曲，并对侯说："公子才名文藻，雅不减中郎。中郎学不补行，今琵琶所传词固妄，然尝昵于董卓，不可掩也。……愿终自爱，无忘妾所歌琵琶词也，妾亦无复歌矣！"（见侯方域《壮悔堂文集·李姬传》）

《三国志演义》说"董卓暴尸于市，忽有一人伏其尸而大哭"，这个人就是蔡邕，王允"命将蔡邕下狱中缢死"云云。这"哭尸"和"缢死"都非史实，是小说家夸张了。据《后汉书·董卓传》，吕布刺董卓后，陈尸于市，有"主簿田仪，及卓苍头（老仆人）前赴其尸，布又杀之"。《三国志》田仪作田景，并说吕布"凡所杀三人"。另一个是谁呢？也不是蔡邕。这时蔡邕还是王允的座上客，《后汉书·蔡邕传》："及卓被诛，邕在司徒王允座，殊不意言之而叹，有动于色。王允勃然叱之……即收付廷尉治罪。"王允叱之这一段话，和马日磾劝说王允那些话，演义写的基本上与正史相符。但《蔡邕传》"邕遂死狱中，允悔，欲止而不及"，可信未必是王允叫人缢死他的。

蔡邕在汉灵帝光和年间，被阉宦的党羽迫害，受了"髡"刑。灵帝死，少帝立，董卓废少帝，另立献帝（刘协），他起用蔡邕，蔡邕是被董卓强逼出来做官的。董卓很重视他，"三日之间，周历三台，……拜左中郎将，封高阳乡侯"。蔡邕也知道董卓这人是"不济"的，想"遁逃山东"不成（均据《后汉书·蔡邕传》），乃终于有此祸。

但蔡邕未尝不有"知遇之感"吧，这一点，正史就不如演义，小说家把它明写了出来。

本"一分为二"之旨，蔡邕好处应占几分，错处应占几分，那就凭看官们去评量了。

就是董卓，九十九分的恶，也有一分善：他一上台就为陈蕃、窦武平了反；继又擢用蔡邕、郑泰、何颙、荀爽、孔伷……这一批清流。如果说对蔡邕"不以一眚以掩大德"（立言仅稍次于立德）的话；那么，董卓也不应因其百恶而掩其一善吧？

苏东坡和曹雪芹的观点

陈寿的《三国志》，是以魏为正统的。罗贯中的《三国志演义》，则以蜀汉为正统。不论是读史或读小说的人，都是看得出的[1]。

当三国鼎峙之际，曹操首受汉封，由魏公升为魏王；刘备受群臣拥戴，为汉中王；孙权是在曹丕篡权以后，才接受魏封，为吴王。到了曹丕称魏帝，号黄初元年（公元二二〇年），紧接着刘备称汉帝，号章武元年（二二一年），又次年，孙权与魏断绝关系，号黄武元年（二二二年），后来也称吴大帝，号黄龙元年（二二九年）。曹丕谥曹操为太祖武帝，实际上曹操确是魏的开国皇帝。

尽管正史以曹魏继汉为正统，但人民是不承认的。就在司马光写《资治通鉴》的当时，民间说书人和听众都是倾向蜀汉的，就是官方的苏东坡也透露了他的观点，《东坡志林》有这么一段话："王彭尝云：涂巷中小儿薄劣，其家所厌苦，辄与钱，令聚坐听说古话，至说三国事，闻刘玄德败，频蹙眉，有出涕者，闻曹操败，即喜唱快。以是知君子小人之泽，百世不斩。"他写《赤壁赋》也说曹操"固一世之雄也，而今安在哉！"（《念奴娇·赤壁怀古》）他是高举周郎，赤壁一役，烧得"强虏灰飞烟灭"②。《答范淳甫》诗："犹胜白门穷吕布，欲将鞍马事曹瞒。"这里"吕布"是隐射吕惠卿、曾布，曹"瞒"是指王安石，可见他的所憎。

不论是读正史还是读演义的人，都知道汉献帝刘协，是曹操手中的傀儡，这个傀儡，袁绍想换个刘虞，刘虞不肯做，袁绍便改变主意，叫曹操把刘协送来；曹操拒绝了，袁绍便想抢；吕布也想抢；孙策也想抢；袁术不抢，干脆自己当。袁术是明目张胆地在淮南当，还有一个刘焉，是悄悄地在成都准备当。抢皇帝和自己当皇帝，在三国鼎峙的局面未形成以前，就有无数纠综杂错的战争，把人民害苦了。

刘协这个傀儡，先是在董卓手中的，也是董卓塑立的。但董卓玩不久，王允利用吕布，将董卓杀了。长安的军民，都恨董卓，当他被陈尸于市时，这头饱吸了民脂民膏的死肥野猪，便遭到老百姓在他肚脐眼上点灯的报应。正史和演义都是这样写的。苏东坡有《郿坞》诗云："衣中甲厚行何惧，坞里金多退足凭。毕竟英雄谁得似，脐脂自照不须灯。"诗中的英雄，是要打引号的。

苏东坡如此观，曹雪芹亦如此观。

《红楼梦》曾把历史上的著名人物分为三类：一类是"大仁者"；一类是"大恶者"；大仁大恶之外，还有一类是"逸士高人"、"情痴情种"、"奇优名倡"。这见于第二回《冷子兴演说荣国府》，借贾雨村的嘴巴说的（贾雨村也是恶人）。他历数"大恶者挠乱天下"，是"蚩尤、共工、桀、纣、始皇、王莽、曹操、桓温、安禄山、秦桧等"[3]。从唐到清，姓曹的多以"魏武子孙"为荣，想来曹雪芹不是"魏武子孙"吧？纵是，他也不"为亲者讳"，他比苏东坡更爽利，用重笔把曹操列入"大恶"。只是放过了董卓。大概这株"千里草"，曹雪芹认为还未成气候，不够"挠乱天下"的资格。

注释：

① 三国以后，历史上在国家统一时期，以魏为正统，分裂时期，以蜀汉为正统，然大致如此，亦非绝对的。闲话范围，未敢多涉。

② 有的本子"强虏"作"樯橹"。我觉得"强虏"为胜。

③ 从脂砚斋庚辰本。戚蓼生本无蚩尤。蚩尤、共工，俱是传说中的人物。

"发矫诏诸镇应曹公"

这是现成题目，见毛宗岗本《三国演义》第五回。罗贯中原本《三国志通俗演义》，则是《曹操起兵伐董卓》。

近见某刊两位同志谓"罗贯中为了突出曹操的政治军事才干，……还虚构了一些故事情节"，其中举出"虚构曹操矫诏起兵，召集十八路兵马共击董卓的情节（卷一第九则），以表现他的慷慨不群，敢作敢为"。这里括号中的卷一第九则，即据罗本。那两位同志的论点我是同意的，不过把曹操讨董卓一事定为"虚构"，未免把《演义》看得太"虚"了。

按曹操讨董卓的事，不仅见于正史，而且有他自己的作品为证，即《蒿里行》"关东有义士，兴兵讨群凶……"那首。"关东义士"，实指袁绍，曹操这时还很谦虚，只把自己当作一个参加者，而不是首义者，其实曹操起兵，比袁绍早一个月。《三国志·魏书·武帝纪》注引太祖答袁绍书：“董卓之罪，暴于四海，吾等合大众、兴义兵，而远近莫不响应，此以义动故也。”

又《武帝纪》：“太祖至陈留，散家财，合义兵，将以诛卓。冬十二月，始起兵于己吾，是岁中平六年也。”按灵帝中平六年即少帝光熹元年（公元一八九年）。

第二年，献帝“初平元年春正月，后将军袁术、冀州牧韩馥、豫州刺史孔伷、兖州刺史刘岱、河内太守王匡、渤海太守袁绍、陈留太守张邈、东郡太守桥瑁、山阳太守袁遗、济北相鲍信同时俱起兵，众各数万，推绍为盟主。太祖为奋武将军”。这里记载着的连曹操在内只有十一路，《演义》写的是“十八镇”，要加上《演义》所列的才够数，那就是还有北海太守孔融、广陵太守张超、徐州刺史陶谦、西凉太守马腾、北平太守公孙瓒、上党太守张扬、长沙太守孙坚。

原来最初串连的，是刘岱、孔伷、张邈、桥瑁、张超五人，共推臧洪升坛，歃血为盟。“洪辞气慷慨，涕泣横下，闻其言者，虽卒伍厮养，莫不激扬，人思致节。顷之，诸将军莫适先进，而食尽众散。”（据

《魏书·臧洪传》)

　　后来十八镇中张扬是参加的；孙坚参加在后，而进军居前；公孙瓒只遥为响应，派遣刘备去，算是政治投机买卖，占了一股。孔融、陶谦、马腾，实际上没有参加，连股份也不占。

　　其中最早与董卓争废立之事的是袁绍，董卓以武力威胁太后及朝臣。袁绍说："天下健者，岂惟董公！"长揖横刀而出走，袁家"四世五公"，因此，袁绍名望最高，袁家自袁隗以下，俱被董卓满门杀害，而加盟诸人中，许多是袁氏的门生故吏，袁绍遂被推为盟主。

　　当时"诸军兵十余万，日置酒高会，不图进取"（《武帝纪》）。曹操为同盟军划战守之策。他们不能采用，曹操就独自出兵到荥阳前线。曹操兵少，只五千人，又是新编的部曲，被董卓的徐荣部队打败了。曹操自己也负了伤。接着是长沙太守孙坚从南阳赶来，投入战斗，也败在徐荣手下。来年，孙坚再战，董卓派吕布、胡轸去迎敌，吕、胡不和，董卓内部很乱，孙坚大胜，斩了华雄（《演义》写"温酒斩华雄"，移植到关羽身上）；董卓自己出战，又败；请和，孙坚拒绝。董卓乃退长安。孙坚进入残破的洛阳。

以后同盟中各自离心，无形解散。讨董卓一幕，就此结束。

至于"发矫诏"——假传圣旨，那是莫须有之事，但事出有因：为了催促袁绍起兵，"桥瑁诈作三公移书，传驿州郡，说董卓罪恶，天子危逼，企望义兵，以释国难"（见《后汉书·袁绍传》）。

矫诏的不是曹操，矫三公书的却是桥瑁，这也差不离儿，小说家把它夸大、升级，也不能说完全是无中生有的虚构。

至于曹操献刀欲刺董卓，那才是虚构。《武帝纪》：只是董卓"表太祖为骁骑校尉，欲与计事。太祖乃变姓名，间行东归"。在讨董卓之役中，刘、关、张"三英战吕布"，那也是虚构，陈寿书中，一点影子也没有。不过这是源于宋人平话及元人杂剧，《演义》成书以前已有之。

董昭教打"皇帝牌"

董昭这个人，在三国中不是重要人物，连次要也够不上。但他却端出了一个最为关键的政治设计，贡献给最大的政治野心家——曹操，真可谓"一言而兴邦"（兴了魏邦）。

此人曾在袁绍处帮忙，袁绍战胜公孙瓒，他与有力；又在张杨处帮闲，张杨交结曹操，是他从中缀合，张杨表荐曹操于朝廷，正是他的主意。还为曹操与李傕、郭汜等"长安诸将"之间穿针引线。

《三国志·魏书·董昭传》：时"天子（献帝刘协）在安邑，昭从河内往，诏拜议郎。建安元年，太祖定黄巾于许，遣使诣河东……"这样一来，曹操的使者就和董昭接触上了。他们具体谈什么，不知道，但从献帝还洛阳以后，杨奉、董承、韩暹、张杨各不相和，其中杨奉兵马最强，董昭便以曹操的名义写信与杨奉表示愿意合作，可以看出他和曹操的关系又进了一层。这封书信也骗取了当时还缺少党援的杨奉的信任：

"吾与将军，闻名慕义，便推赤心。今将军拔万乘之艰难，返之旧都，翼佐之功，超世无畴，何其休哉！方今群凶猾夏，四海未宁，神器至重，事在维辅，必须众贤，以清王轨，诚非一人所能独建。心腹四肢，实相恃赖，一物不备，则有阙焉！将军当为内主，吾为外援，今吾有粮，将军有兵，有无相通，足以相济，死生契阔，相与共之。"（见本传）

杨奉得书喜悦，以为曹操近在许昌，有兵有粮，可作依靠。于是与诸将共表曹操为镇东将军、袭其父爵费亭侯。这算是董卓灭后，新朝重新重用曹操之始。曹操"朝天子于洛阳，引昭并坐，问曰：'今孤来此，当施何计？'昭曰：'将军兴义兵以诛暴乱，入朝天子，辅翼王室，此五霸之功也。此下诸将，人殊意异，未必服从；今留匡弼，事势不便，惟有移驾幸许耳！'"接着分析了"迁都"有利有弊，且会有反对者，但"行非常之事，乃有非常之功"，要曹操果断，择利多弊少者行之。移帝驾幸许昌的最大好处就是曹操与天子同在。曹操实行了，这就是演义罗本的卷三之七《迎銮舆曹操秉政》、毛本的十四回《曹孟德移驾幸许都》。

演义写曹操初到洛阳，见"官僚、军民，面有饥色"，董昭独肥，"自言多年食淡"。相谈之下，始与订交。其实董昭之于曹操，早已"贴上"，为之划策，不自今日始了。

其后曹操打败杨奉、韩暹，遂畅所欲为，从此汉帝成了曹操手中的傀儡。事在建安元年（公元一九六年）八月，据《后汉书·孝献帝纪》："庚申迁都许，己巳，奉曹操营。"迁都是何等大事，史官何其吝惜笔墨如此？《后汉书》对三国态度，基本上是反曹的。迁都事是曹操一手包办的，故不予褒贬。相反地，迁都以前"辛亥，镇东将军曹操，自领司隶校尉、录尚书事。曹操杀侍中台崇、尚书冯硕等"，却一笔不漏、一笔不苟地记载了。后来曹操称魏公，继称魏王，也都是董昭所创议。（见本传）

"挟天子以令诸侯"，本非曹操的发明，也不是董昭所独传之秘。袁绍的谋士沮授早就劝袁"宜迎大驾，安官邺都，挟天子而令诸侯，畜士马以讨不庭，谁能御之！……若不早图，必有人先者也"。（《三国志·袁绍传》引《献帝传》）郭图、淳于琼以为不然，"若迎天子以自近，动辄表闻，从之则权轻，违之则拒命，非计之善者也"。袁绍是个"好谋无断"的人，狐疑不定，行动迟缓，这个机会就永远失掉了。

吕布也看到这一着棋，与东海肖建书云："布杀卓来诣关东，欲求兵西迎大驾，光复洛京。"（同上《吕布传》引《英雄记》）可是，吕布奔走就食之不暇，他的军队连开拔费也没有。吹了！

较晚孙策在袁曹官渡之战中，想奇袭许昌，迎取天子；志未酬而被刺身亡。刘备劝刘表乘曹操北征乌丸，许昌虚空可袭；表不能用。……

于是，打"皇帝牌"遂为曹操所独擅。

"衣带诏"之疑

罗贯中原本《三国志通俗演义》卷四之十《董承密受衣带诏》，那诏文云：

朕闻人伦为大，父子为先；尊卑之殊，君臣至重。近者权臣操贼，出自阁门，滥叨辅佐之阶，实有欺罔之罪。连结党伍，败坏朝纲，敕赏封罚，皆非朕意。夙夜忧思，恐天下将危。卿乃国之元老，朕之至亲，可念高皇创业之艰难，纠合忠义两全之烈士，殄灭奸党，复安社稷，除暴于未萌，祖宗幸甚！怆惶破指，书诏付卿，再四慎之！勿令有负！建安四年春三月诏。

毛宗岗批改本《三国演义》第二十四《董国舅内阁受诏》，这诏书文字稍有删削，较为简短。但罗、毛两人的摹拟古文辞，实在是不像后汉文字，而那时正处于“建安文学”时代，怎么这诏文一点也不见世所称的“建安风骨”？皇帝刘协固非文士，当年已十九岁，也会写文章了，匆促之间写的东西，当然不能与“三曹”、“七子”比美。不过文章之为物，总是有时代烙印和个人风格的，何况这诏书是血泪文字！

大概元、明、清作家，写小说别是一套，拟古文辞则非其所长。小说家可以以通俗文言文拟写，这也不苛求于他们。不过演义中既全录曹植铜雀台赋（本是《登台赋》），孔融荐弥衡表，袁术致吕布书，孙策绝袁术书，陈琳为袁绍作的讨曹操檄，荀彧复曹操书，刘表分致袁谭、袁尚书，刘备的遗诏，刘禅命诸葛亮诏，曹丕报孙权书，孙权复书，孙权诏书，诸葛洛喻众书，汉帝赐曹操九锡文，曹丕受禅文，诸葛亮出师两表、遗表，王肃、董寻、扬阜谏曹叡疏，谯周仇国论，以至于曹操与孙权、孙权与曹操的短简，曹操的教令，其他人的名言隽语……皆巨细不遗，纵有个别字句不同，《演义》是尽量存真的。

独所谓“衣带诏”者，不相伦类，使人疑惑，我相信《演义》的作者和改写者，他们谁也没有见过诏书的原本（那是当然的），或传本（那也是不可能见到的，因已失了传），事在建安五年春正月，《三国志》、《后汉书》都是这样记载的。这个诏书却写了“四年春三月”，错了，亦即伪托。

《三国志·魏书·武帝纪》：“五年春正月，董承等谋泄，皆伏诛。”

《后汉书·孝献帝纪》：“五年春正月，车骑将军董承、偏将军王服（诸葛亮后出师表中误作李服）、越骑校尉种辑，受密诏诛曹操，事泄。壬午，曹操杀董承等，夷三族。”

《三国志·蜀书·先主传》：“先主未出时（未离开许都），献帝舅车骑将军董承受帝衣带中密诏，当诛曹公。……遂与承及长水校尉种辑、将军吴子兰、王子服等同谋。会见使，未发，事觉，承等皆伏诛。”

这事发生时，刘备可能没有暴露，便极力设法求去，更可能他早走了，曹操遣他去截击袁术。袁术为刘备所败，困死。曹操的谋士程昱、郭嘉都说：“刘备不可纵。”果然，“备至下邳，遂杀徐州刺史车胄，举兵屯沛”。曹操“遣刘岱、王忠击之，不克”。于是曹操亲征刘备，刘备败投袁绍（见《武帝纪》）。从此，曹刘分手，并互为仇敌。

《演义》写董承他们，取白绢一幅，盟誓签名。毛宗岗评语兼论何进、董承："乃二人之贤否不同，而同于败者，进之失在不断，承之失在不密。君不密则失臣，臣不密则失身。事欲其秘，何必歃血会饮？迹恐其露，何必立券书名？"在下以为他们不会有"立券书名"的蠢事。其中还有马腾，也是《演义》增入的。《通鉴集览》云："董承智不及王允，而欲效图（董）卓之举，非独自杀其身，适足以危其主，所谓志可矜而智不逮也。"

就是这个"衣带诏"，是否为董承父女伪造，假皇帝之名，以资号召，也很难说。看官试想："曹公东征先主，先主败绩，曹公尽收其众，虏先主妻子，并擒关羽"。不久，关羽及刘备两妻还是亡归刘备。建安十六年曹操杀马腾，那是因马超反西凉，更不关"衣带诏"事。要是此案未了，能不留下关羽和没收刘备家属？又会十一年后才杀马腾吗？

此事王沉的《魏书》、鱼豢的《魏略》均未提及，他们很可能是为曹操讳。纵然确有其诏，在曹操的搜、抄、杀、灭人三族之下，也就毁而无存了。纵存有，曹操会公开这份文件吗？王沉、鱼豢也未必见过。

曹操之得入朝，最初是董承引荐。朝中有董昭，曹操那边有荀彧、程昱力劝曹操迎帝驾幸许都，于是献帝落入曹操手中，生杀予夺都由他，纵无“衣带诏”事，曹操尽可以任何罪名杀他的反对者。

然则，“衣带诏”事，实千古之疑案也。

罗贯中仅据丝毫线索，写出偌大事件，绘影绘声，揭露曹操之睚眦必报，除根务尽，虽胎儿亦难免（董贵妃已有孕）。此小说家之能事。

小霸王孙策

《江表传》吴郡太守上书汉帝："孙策骁雄，与项籍相似。……"此即所谓"小霸王"。

诸葛亮《后出师表》有云："刘繇、王朗，各据州郡，论安言计，动引圣人，群疑满腹，众难塞胸。今岁不战，明年不征，使孙策坐大，遂并江东。……"

诸葛亮上此表时，蜀汉与东吴已恢复联盟。是年（公元二二八年，为汉建兴六年，吴黄武七年）孙权用周鲂计，大破曹休于石亭（今安徽潜山东北）。据《汉晋春秋》："亮闻魏兵东下，关中虚弱。"因再上表北伐，即《后出师表》所言"今贼适疲于西，又务于东，兵法乘劳，此进趋之时也"。这就是《三国演义》九十七回的《讨魏国武侯再上表》。

正要东、西呼应，北伐讨魏，为何又诋谟东吴的奠基人孙策？至少是对友邦的"先王"不敬。说"诸葛一生唯谨慎”，这句话却要打折扣，我看他既失言又错论人，未免冒昧，有欠谨慎。

孙策之有江东，不是“坐大”，是打大的，他东打西打，今岁战，明岁征，越打地盘越大。

当东汉末世群雄割据，兵革扰攘之际，扬州刺史刘繇、会稽太守王朗，都是名人，他们不是“不战”、“不征”，而是“论安言计”似内行，征战实是外行，刘繇是“弃军逃遁”的，王朗是败降孙策、后归曹操的。他们全不是“小霸王”的对手！在这前后，孙策连破陆康、逐严白虎、绝袁术、败张勋、克黄祖、杀许贡……自十八岁领兵，至二十五岁底定江东，二十六岁为刺客所伤，不治身亡，短短八年之中，孙策干了别人半辈子或一辈子才取得的成就（如曹操、刘备），不能不说他是“可儿”！曹操呼他为“狮儿”，狮是狂犬，《吴历》云：“曹公闻策平定江南，意甚难之，常呼狮儿难与争锋也！”乃以侄女配孙策的小弟孙匡，又为儿子曹彰娶孙贲（孙策从兄）女，拜孙策为讨逆将军，封吴侯。曹操对“狮儿”，完全用安抚政策。

孙策是漂亮人物，《三国志·吴书·孙讨逆传》：“策为人，美姿颜，好笑语，性阔达，善于用人。是以士民见者，莫不尽心，乐为致死。”《江表传》所记略有不同，人们先是怕他，后经接触，才拥护他："策时年少，虽有位号，而士民皆呼为'孙郎'。百姓闻孙郎至，皆失魂魄，长吏委城郭，窜伏山草。及至，军士奉令，不敢虏掠，鸡犬菜茹，一无所犯，民乃大悦，竞以牛酒诣军。……"

孙策原是袁术的部下，又是晚辈（他父亲孙坚曾参加讨董卓，是属于袁术这一系统的），袁术很爱他，"以礼辟策，表拜怀义校尉。术大将乔蕤、张勋，亦倾心敬焉。术常叹曰：'使术有子如孙郎，死复何恨！'"

袁术这句话早在曹操夸赞孙权"生子当如孙仲谋"前十五年，可见袁术首先赏识孙氏子弟，其眼光不下于曹操。

袁术这个人，在曹操青梅煮酒，与刘备共论当世英雄中，刘备尝试举袁术，曹操说术是"冢中枯骨，吾早晚必擒之"。此说欠通，既已为陈死人，何劳你去擒他？原来《演义》作者罗贯中，会错了陈寿《三国志》的语义。《三国志·蜀书·先主传》：徐州牧陶谦，让位给刘备，刘备辞不接受，谦死，别驾麋竺"率州人迎先主，先主未敢当。……先主曰：'袁公路（术）近在寿春，此君四世五公，海内所归，君可以州与之'。……北海相孔融谓先主曰：'袁公路岂忧国忘家者耶！冢中枯骨，何足介意！今日之事，百姓与能，天与不取，悔不可追。’先主遂领徐州。”

孔融说"冢中枯骨"，是对袁术的先人"四世五公"而言，不是比拟袁术为陈死人，后之作者误会了。

尽管袁术其人无甚可取，但他对于孙策，却独具识力，一见即甚奇之，就把孙坚的旧部曲拨归孙策。《演义》说是孙策以其父在洛阳所得玉玺作抵押，袁术才借兵三千给他。完全不是这回事。玉玺的事，其说不一，我当另文考述。

当建安二年（公元一九七年）春，袁术僭号，自称天子，孙策就与之断绝关系。孙策是忠于汉室吗？不！他野心勃勃，想奇袭许昌，把皇帝抢到江东，自己效法齐桓公或晋文公，做个霸主。可是"出师未捷身先死"，遗命以二弟孙权做他的继承人（并不奏知汉帝）。这很出乎张昭们的意外，据《典略》，"张昭等谓策与以兵属俨"。孙俨即孙翊，字叔弼，是老三，他"骁悍果烈，有兄策风"（《吴书·宗室传》）。但孙策早选定了"性度弘朗"的孙权，孙策平日"每会宾客，常顾权曰：‘此诸君，汝之将也。’"（见《江表传》）

孙策死于建安五年，这时诸葛亮尚在襄阳隆中，年纪与孙权相若，对孙策固无多了解也。

再谈孙策

孙策这个人，好胜、自负、爱美、喜斗、嗜杀——好些人是莫名其妙被他杀的，如严舆、高岱、于吉、许贡等皆是。

严舆是严白虎之弟，奉其兄命与孙策会面议和。严舆有勇力，座中孙策飞戟投之，中戟立死。（见《吴录》）高岱是吴人，隐于余姚，孙策请他出来，要跟他谈《左传》，自己先玩读，做好了准备。有人对孙策说："高岱以将军但英武而已，无文学之才。若与论《传》而或云不知者，则其言符矣。"又对高岱说："孙将军为人，恶胜己者。若每问当言不知，乃合意耳；如皆辩义，此必危殆。"高岱照此对付，孙策怒他轻视自己，把他囚了。"知交及时人皆露坐为请，策登楼望见数里中填满，策恶其收众心，遂杀之。"（见《吴录》）杀于吉也是因为讲情的人多，"不复相顾君臣之礼"，有伤孙策的自尊心。（据《江表传》）吴郡太守许贡曾上表汉帝，调孙策到京好羁縻，免得他在外作乱。孙策发现表章，就绞死了许贡。（同上）

嗜杀是孙策的致命伤。他就是被许贡的宾客为主报仇刺死的。

《江表传》云：刺客"射策中颊"——脸上挂了彩。孙策是爱美的，"死要面孔"。《吴历》云："策既被创，医言可治，当好自将护，百日勿动。策引镜自照，谓左右曰：'面如此，尚可复建功立事乎！'推几大奋，创皆分裂，其夜卒。"好胜、自负，也由此可见。

但他对其母，不失为孝子。《三国志·吴书·妃嫔传》注引《会稽典录》："策功曹魏腾，以迕意见谴，将杀之，士大夫忧恐，计无所出。夫人（吴夫人即孙策母）乃倚大井而谓策曰：'汝新造江南，其事未集，方当优贤礼士，舍过录功。魏功曹在公尽规，汝今日杀之，则明日人皆叛汝！吾不忍见祸之及，当先投此井中耳。'策大惊，遽释腾。"

他对其妻，不失为佳偶。同书《周瑜传》："时得桥公两女，皆国色也。策自纳大桥，瑜纳小桥。"

当年策、瑜，皆二十四岁。《江表传》："策从容戏瑜曰：'桥公二女虽流离，得吾二人为婿，亦足为欢。'"可惜他和桥大姑娘做夫妻还不满三年，就使她成了遗孀。

他对其弟，不失为好兄长。他临死前，对孙权说："举江东之众，决机于两阵之间，与天下争衡，卿不如我；举贤作能，各尽其心，以保江东，我不如卿。"知弟莫若兄，他深悉孙仲谋不能"与天下争衡"，只能取守势"以保江东"。

至于《演义》所谓"内事不明问张昭，外事不明问周瑜"，亦有所本。《三国志·吴书·张昭传》，张昭对孙权说："昔太后（即吴夫人）、桓王（孙策谥长沙桓王）不以老臣属陛下，而以陛下属老臣。"同书《周瑜传》："策薨，权统事，瑜将兵赴丧，遂留吴（这里吴指苏州），以中护军与长史张昭共掌众事。"注引《江表传》：建安七年东吴讨论送不送人质（孙权儿子）与曹操，这时曹操已破袁绍，势力很大，想遥控江东。"鸽派"的张昭主张送质，与之妥协；"鹰派"的周瑜极力反对送质，要保持独立自主局面。"权母曰：'公瑾议是也。公瑾与伯符同年，小一月耳，我视之如子也。汝其兄事之。'遂不送质。"

　　可见孙策留给孙权的遗教：对内，用文治派；对外，得听战略家的。真所谓"哥哥是金子般的言语"。

　　按照那时代的道德标准来说，母在，儿早死，便是不孝；使妻子年轻轻的守寡，便非佳偶。短命的孙郎，只算他是个好兄长吧。

建业与武昌

晋初左思作《三都赋》，据说收集材料，构思十年，及至写出，士人竞相传抄，一时洛阳纸贵。"三都"是分别赋蜀都、吴都、魏都。《蜀都赋》赋其险阻；《吴都赋》赋其繁华；而主要写的是《魏都赋》，盛称其文明、制度、衣冠、人物、山川、风物……左思是有偏见的。因为魏灭蜀，晋代魏，又灭吴，他是晋人，尊魏即所以尊晋，不得不尔。正如薛综是吴人，也曾抑蜀扬吴。《三国志·吴书·薛综传》：孙权派他接待蜀汉使臣张奉，他在席前劝酒，以拆字博取"众座喜笑，而奉无以对"。他说"蜀"云："有犬为獨，无犬为蜀，横目勾身，虫入其腹。"[①]说"吴"："无口为天，有口为吴，君临万邦，天子之都。"此为罗贯中《三国演义》所不载。这且按下不表，下面谈吴都。

　　东吴的政治中心，原是迁移不定的。左思所赋的吴都，虽着重写姑苏（苏州），其实他把吴国各地都接触到了（赋魏、蜀两都亦同此手法）。

　　当孙策平定江东时，政治中心在吴（苏州），后徙京口（镇江），先后十八年。孙策在吴六年，死后，孙权继之，又在吴八年，在京口四年。赤壁战后孙权听了张纮建计，宜出都秣陵（见《三国志·吴书·张纮传》）。张纮说："望气者云金陵地形有王者都邑之气……今处所具存，地有其气，天之所命，宜为都邑。"《张纮传》引《江表传》："后刘备之东，宿于秣陵，周观地形，亦劝权都之。权曰：'智者意同。'遂都焉。"时在建安十六年（公元二一一年），把政治中心迁来，筑石头城，改名建业。诸葛亮所谓"钟阜龙蟠，石城虎踞，真帝王之宅"。龙蟠虎踞就成了它的专用典故。秣陵、金陵、建业、石头城，都是今南京的古称，这是人所熟知的了。

　　那时，孙权想图徐州，南京离徐州较苏州与镇江近些。政治中心是服从国策，国策是依据战略的。

　　但孙权又要跟曹、刘两方——主要是对刘备——争夺长江中游，荆州是必争之地，他们三方分割了荆州：曹操占襄樊以北，刘备"借"了湘水以西，孙权只攫得湘水以东。等到建安二十四年袭取公安（荆州治所），擒杀关羽，次年又打败刘备，使其缩回夔门。这以后，他就在公安"蹲点"，不到一年，建安二十五年，"权自公安都鄂，改名武昌"（今湖北鄂城），"以武昌、飞雉、浔阳、阳新、柴桑、沙羡六县为武昌郡"。（《三国志·吴主传》）遂以鄂城为中心，西起沙羡（今武昌），东到浔阳（今九江），巩固了长江中游。更西起西陵，东至吴，把关羽原设的烽火台延长了，控制了大半段长江，从中游到下游。

"黄龙元年（公元二二九年）春，公卿百司皆劝权正尊号。夏四月，夏口、武昌并言黄龙、凤凰现。丙申，南郊即皇帝位，是日大赦，改年。"（《三国志·吴主传》）孙权是很迷信的，他又没学过生物学，我们不能轻笑古人。那时武昌（鄂城）尚未开发，那里人少，山重水复，山多则鸟兽多，水多则鱼类多，所谓黄龙，可能就是"扬子鳄"；凤凰，可能也是稀有动物，即赏玩禽"长尾鸡"[②]。这种鸡在我国早已消失殆尽，日本多有之，原是由中国大陆古代传去的。由于日本发动侵略战争，第二次世界大战后该国也少了。

是年六月，孙权与诸葛亮（由陈震代表）签订盟书，昭告天下，预分魏国土地："豫、青、徐、幽属吴，兖、冀、并、凉属蜀，其司州之土，以函谷关为界"。他对蜀汉完全放心了，九月就迁都回建业。

到了孙权的孙子孙皓，曾又一度迁都武昌，由于江东士族和从北方入吴的官僚集团，几代人已过惯了建业生活，遂有"宁饮建业水，不食武昌鱼"（一作"不向武昌居"，见《昭明文选》李善注）的谣谚。这更非《演义》所载。其实武昌鱼是鄂城附近特产的一种"缩头鳊"，很好吃的，惟肉细而刺多。昔吾家眉公有"五恨"，其一是"恨鲫鱼多刺"，在下对于武昌鱼亦然。

《吴都赋》云："造姑苏之高台，临四远而特建……起寝庙于武昌，作离宫于建业……"以上东吴几个都城我都到过，我爱南京，也爱鄂城，但更爱苏州。这一点与左思的赋笔相符。

注释

① 裴松之注云："见诸书，'句身'或做'勾身'。"迩冬按："句""勾"通用。又，注引《江表传》，这两则是诸葛恪与费祎相对嘲弄。文字小有出入。

② 参用南京大学考古研究室蒋赞初同志说，见《孙权与武昌》。

孙权与台湾

不佞前在《纪念郑成功逝世三百四十年兼及台湾古近事》四首，二有云：

东吴诸葛直，

渡海入夷洲。

今即台湾岛，

世称美丽尤。

主权终属我，

客子望归舟。

……

拙诗是于史有据而发。

《三国志·吴书·孙权传》：黄龙二年（公元二二八年）"遣将军卫温、诸葛直将甲士万人，浮海求夷洲及亶洲”。亶，《后汉书·东夷传》作澶。“亶洲在海中，长老传言，秦始皇帝遣方士徐福将童男童女数千人，入海求蓬莱神山及仙药，止此洲不还。世相承有数万家，其上人民时有至会稽货布，会稽东冶人海行，亦有遭风流移至亶洲者。所在绝远，卒不可得至，但得夷洲数千人还。”从此夷洲内附。亶洲或是琉球群岛、以及日本附近岛屿。至于航海以兵援助公孙渊，则是做了蠢事。此非本文所能谈。这里只话及夷洲即台湾。

孙权当时奄有荆、扬、交、广四州（黄武五年—公元二二四年，分交州，置广州，后复并为交州），包括今湖北、安徽、江苏三省南部、湖南、江西、浙江、福建、广东、广西东北部及沿海地区和越南北部。其水域据有长江中下游和珠江的一半，海岸线从东海以迄北部湾，论疆域并不逊于曹魏。但荆、扬的北部属魏，广、交尚未开发，地广人稀，兵源是不足的。孙权派卫温、诸葛直到夷洲就是招兵，说得不客气一点即“拉壮丁”。这一点是不能为古人讳的。高山族人的战斗力，可能是很强的。

《三国志集解》录沈莹《临海水土志》：“夷洲……土地无霜雪，草木不死，四面是山……土地肥沃，既生五谷，又多鱼肉。……地有铜铁，唯用鹿角为矛以战斗，磨砺青石以作弓矢。……”他们那时还停留在“石器时代”，一旦交给他们以金属兵具，这几千人是很好的东吴武士了。

赤乌五年（公元二三〇年），又“遣将军聂友、校尉陆凯，以兵三万讨珠崖儋耳”。孙权的势力已到海南岛。这里自汉以来就是汉家领土，不过天高皇帝远，不时叛乱，孙权这次是派兵去平定。

东吴的造船业是发达的，因为他们以水军立国。那时已有载重千吨以上的巨舰，舟帆四出，与海外有往来。远近如波斯（今伊朗）、天竺（今印度）、狮子国（今斯里兰卡）、林邑（今越南南部）……都有贸易关系，和扶南国（又名占腊，即柬埔寨）尤交好，赤乌六年，“扶南王范旃遣使献乐人及方物”。

“生子当如孙仲谋!”此语不虚。

孙氏是吴郡富春（今浙江富阳）人，文学巨子郁达夫先生的小同乡。距奉化不远，奉化某公，浙之世家，亦将有感于斯文，以台湾回归祖国乎!

为周郎叫屈

昔人有云："同时瑜亮。"瑜亮并举，是对周郎和诸葛公的美誉。小说家罗贯中翻为"既生瑜，何生亮"两句话，意思恰恰相反，这是《演义》中周瑜临死前的恨语。他们两贤相扼，周瑜与诸葛亮生不相容，死有遗恨。周郎心胸，何其狭也！

读《三国志·吴书·周瑜传》，殊不然！周瑜是很有雅量的人。举一个例：程普是东吴第一名老将，他随孙坚破黄巾，讨董卓；又随孙策平刘勋，征黄祖；到了孙权抗曹，他与周瑜并为左右督，赤壁之役，周瑜是主帅，他为副，他不服。《江表传》说他摆老资格，倚老卖老，还"数凌侮瑜。瑜折节容下，终不与校"。这样，他的态度终于大转变，"普后自敬服而亲重之，乃告人曰：'与周公瑾交，若饮醇醪，不觉自醉。'"这一事例，可见周郎"谦让服人"，当时为吴人所称道的。蒋干也称"瑜雅量高致，非言辞所能间"。中原人士，也因此敬重周郎。

演义极力写周瑜器量小，疑心大，忌妒比自己高一等的人如诸葛亮，几番想杀害亮。而诸葛亮也一气，二气，三气的气他，气死他才罢休。这在陈寿的书中——不论是《吴书》或《蜀书》，原是一点影子也没有的。

然则为什么风流、高雅、谦让的周郎，给一般人以胸怀狭小、手段狠毒的印象呢？是小说家给他先造了型；戏剧家把他搬上舞台，又加了工，于是，我们看演义，看戏，总觉得这一角是美中有毒，或是毒中有美。还好，小说家和戏剧家没有把这位出则随"大帝誓师江水绿"，入则有"小乔卸甲晚妆红"的人物丑化。任何小说家或戏剧家也不能丑化他。

这个人，对孙氏忠，对朋友直、谅，划策有绝招，风头足，名声好，立功太骤，加上人漂亮，夫人更是美人……，那些碌碌之辈，自惭形秽之流，难免不生嫉妒心。就是当时的友方如刘备，敌人如曹操，也说过中伤周瑜的话。《江表传》有一段记载，是颇耐人寻味的：

"刘备之自京还也，（孙）权乘飞云大船与张昭、秦松、鲁肃等十余人共追送之，大宴会叙别。昭、肃等先出，权独与备留语，（备）因言次，叹瑜曰：'周公瑾文武筹略，万人之英，顾其器量广大，恐不久为人臣耳！'瑜之破魏军也，曹公曰：'孤不羞走。'后书与权曰：'赤壁之役，值有疾病，孤烧船自退，横使周瑜，虚获此名。'瑜威声远著，故曹公、刘备咸欲疑谮之。"

刘备是枭雄，不说周瑜量小，反称他"器量广大"，是在这位二舅子耳朵里塞进其人"恐不久为人臣"，你要防着！此话想离间人家君臣骨肉；与早年对曹操说吕布不可留："明公不见布之事丁建阳及董太师乎？"（见《魏书·吕布传》）如出一辙。曹操是奸雄，讳言败，说周瑜只是虚获胜利之名。其意若曰：你孙权别信任他。盖"曹操虑袁绍之难平，而卒与争衡者周瑜之一隅"（见王船山《读通鉴论》卷六）。除了不服输以外，未尝不想拔掉这一隅的钉子。明眼的看官，你想，曹刘两雄，尚且如此，他人更无论矣！好在这些"疑谮"之言，孙权丝毫没有听进去。

忆五十年代末，六十年代初，"为曹操翻案"曾经轰动一时；今为周郎叫屈，只是闲话一章耳。瑜也，何敢望曹！

"隆中对"与《出师表》

"隆中对"是诸葛亮为刘备拟定夺取根据地的战略决策，时在汉建安十二年（公元二〇七年），他才二十七岁。

《出师表》是他对刘禅"鞠躬尽瘁"之言，蜀汉建兴五年（公元二二七年）写的，他已是"两朝开济"的老臣了。

这一篇谈话记录和一封表章，都已成为千几百年来的传诵之文，诸葛亮又是贤哲，似乎无可非议的了。

"隆中对"主要是教刘备抢地盘——哪些地盘能抢和怎样抢：先取荆州，后取益州。曹操的，您目前动不得；孙权呢，可与联合。三言两语，可以尽之。

说起来荆州牧刘表和益州牧刘璋都是汉宗室，刘备的本家；刘表是汉末的名士，山阳高平（今山东金乡）人，《三国志》引《零陵先贤传》："刘牧托汉室肺腑，处牧伯之任。"《后汉书》说他是"鲁恭王之后"，不是冒充皇亲的。刘璋是刘焉的儿子，江夏竟陵（今湖北潜江）人，《三国志·刘二牧传》说也是"汉鲁恭王之后裔"，这是可靠的。然则诸葛亮是教唆刘备去夺同宗的"基业"吗？不然！刘备是枭雄，当时就在荆州做客，未尝不有觊觎之心。得荆望蜀，势所必然，因为不能北上（曹操强大），不能东下（孙权是联合的对象），只有向西发展一途。客观上形势如此，就是诸葛亮不说，刘备乃至于换了张备、李备来，也会按照这个红格去描写，至于描得好坏，那是另一回事。

更有进者，枭雄是不回避夺取同宗基业之恶名的。何况诸葛亮更有"天与人归"之说：荆州是"此殆天所以资将军，将军岂有意乎？"益州"智能之士，思得明君"，那些人也是望将军您。您取荆、益，是"应天顺人"嘛！

隐居隆中的诸葛亮，原是第一流人才，第一等策士，他要估计他的言辞让听者觉得"正中下怀"。

说到得了荆、益，坐稳之后，"天下有变，则命一上将将荆州之军，以向宛洛；将军身率益州之众，出于秦州。……"这是诸葛亮的想法，刘备未必如此。所以也就说得弹性些，等"天下有变"，才怎么怎么样，天下无变呢，他没有说。让刘备自己去琢磨。

但究竟是名言，也是明言，没有太多弯弯拐拐的话。

《出师表》当然也是名言，但却非明言，许多隐隐藏藏的话，不知那位阿斗皇帝，看得懂不？

"亲贤臣，远小人，此先汉所以兴隆也；亲小人，远贤臣，此后汉所以倾颓也。"当时谁是贤臣？当然指的是"侍中侍郎郭攸之、费祎、董允"以及"将军向宠"，还有"尚书（陈震）、长史（张裔）、参军（蒋琬）"。谁是小人？诸葛亮没有说。

"不宜妄自菲薄，引喻失义，以塞忠谏之路也。"是谁妄自菲薄？引喻失义？……他也没有点名。

"宫中府中，俱为一体，陟罚臧否，不宜异同。若有作奸犯科，及为忠善者，宜付有司，论其刑赏，……不宜偏私，使内外异法也。"此中有人，呼之欲出，此人非别，就是阿斗。他是皇帝，先搞特殊，他的"宫中"，偏不同于丞相"府中"，宫中有"作奸犯科"的人，而处理有"偏私"。那末，上面所谓"小人"、"妄自菲薄"的人，也都是阿斗亲近的人。诸葛亮决不是心存厚道，扬善隐恶；分明是不能明说，不敢直说。似乎另有一股势力存在于当时的蜀都。由"先帝痛恨于桓、灵"来说，桓灵之世，无非是外戚之患和宦官之祸。阿斗之朝，没有擅政的外戚，他母亲甘夫人早死，甘家没有什么人；他妻子父亲是张飞，张家那时也没有人在朝；后来有个夏侯霸，是张皇后的从舅，那是由魏投降过来的，在蜀没有什么势力。所以，外戚这一层，用不着怀疑。那末，所指的是宦官了。"引喻失义"的当然是文人、史家。诸葛亮这番话，伏以后黄皓乱政，谯周劝降。但是，他给刘禅打的预防针，却未生效。

"隆中对"是纵横家之言；《出师表》是儒家谆谆之教。诸葛亮仅仅是法家吗？

初出茅庐第一计

罗贯中原本《三国志通俗演义》卷八之七《孔明遗计救刘琦》、之八《诸葛亮博望烧屯》，在毛氏改本里并为第三十九回《荆州城公子三求计，博望坡军师初用兵》。《博望烧屯》是较早的杂剧节目，写入演义，誉为"初出茅庐第一功"。准此，则公子三求得的计，可算诸葛亮"初出茅庐第一计"。

原来刘表跟袁绍一样："有才而不能用，闻善而不能纳"，"外宽内忌"，"废嫡立庶"（陈寿的评语）。

《蜀书·诸葛亮传》："刘表长子琦，亦深器亮。表受后妻之言，爱少子琮，不悦于琦。琦每欲与亮谋自安之术，亮辄拒塞，未与处画，琦乃将亮游观后园，共上高楼，饮宴之间，令人去梯，因谓亮曰：'今日上不至天，下不至地，言出子口，入于吾耳，可以言未？'亮答曰：'君不见申生在内而危，重耳在外而安乎?’琦意感悟，阴规出计。会黄祖死，得出，遂为江夏太守。”

《魏书·刘表传》：“表及妻爱少子琮，欲以为后，而蔡瑁、张允为之支党。乃出琦为江夏太守。众遂奉琮为嗣，琦与琮遂为仇隙。”

演义就是据此写的。

这里补充演义说一些刘、蔡、诸葛之间的关系。

刘表是名士，又是贵族，做了荆州牧，奄有今湖北、湖南、河南西南部和广东北部、广西东北部。但他不是政治家，虽具有雄厚的政治资本却不介入中原群雄逐鹿，因此，荆州是比较安定的。加上他注重教育，那时荆州风气已开，中原人士避乱南迁的不少，诸葛家就是其中之一。诸葛亮的少、青年时期，是在襄阳（刘表的荆州治所）度过的。诸葛亮的岳母和刘表的后妻是同胞姊妹（她们是蔡讽的女儿），那末黄承彦和刘表是“连襟”，蔡夫人是诸葛亮的阿姨，刘琦和诸葛亮论“兼葭之谊”算是“老表”。这一点刘、蔡、诸葛三家人都会记得的。刘表是荆州最高首长，蔡家是襄阳望族，蔡夫人和她的弟弟蔡瑁，又是刘表最亲信的人。至于刘琦、刘琮，一般是刘表前夫人所生，蔡夫人何以偏爱于琮? 关系在蔡夫人已将娘家侄女配琮，她当然希望刘琮做刘表的接班人。诸葛亮做了刘备军师，那就得承认刘表是上级，论戚谊，刘表是长辈——姨丈。诸葛亮以下级和姻晚辈而且是刘备的新干部身份，来介入人家骨肉之间，要帮刘琦解决问题，请看官们闭目冥思，是不好出主意的吧？

刘表对儿子之所以有偏心，完全是由于蔡夫人的爱恶。蔡瑁、张允（刘表的外甥），又不断地为刘琮说好话，造舆论；相反地，刘琦有一缺点，他们夸大为十分。这时刘表未死，刘琮已显然是未来的荆州主了。又已显然有一个蔡氏为主体的政治圈子。这个圈子，刘表死后便是最大的降曹派（加上蒯越、韩嵩、王粲），与刘备、刘琦、诸葛亮的抗曹派相对，划分界限。那是后话。

《襄阳耆旧传》："蔡瑁……少为魏武所亲。刘琮之败，魏武造其家，入瑁私室，见其妻子。……瑁家在蔡洲上，屋宇甚好，四墙皆以青石结角。婢妾数百人，别业四五十处。汉末诸蔡最盛。……"

可见蔡家早就与曹操有旧，声势烜赫。刘备尚不敢得罪他们，诸葛亮又将如何？

诸葛亮劝刘琦学重耳外出，未尝不含有将来回归，还可以像晋文公复兴晋国，称霸诸侯。不过刘琦没有这样的雄心壮志，他只求"自安之术"即避祸之计。诸葛亮为他设计是退让——其中包含有以退为进的长远之策，以缓和当时对蔡氏集团的矛盾，而在父子之间，兄弟之间，又不失孝悌之道。此计为刘琦所接受、刘备所欣赏，殊不知更收效于未来也。

刘琦做江夏太守，带走了刘表的军队万人，这一万人就是次年赤壁之战那场政治赌博中刘备的一半本钱，《诸葛亮传》："今战士还者及关羽水军精甲万人，刘琦合江夏战士亦不下万人。"加上孙权的主力三万人，以五万对曹兵五十万，以少胜多，以弱击强，成为战史上的光辉范例。刘备如果没有刘琦的江夏，则一点根据地也没有，成为"流寇"了。然则赤壁之战，刘琦之功，亦不可没。

赤壁战后，"先主表琦为荆州刺史"（《先主传》），虽然是傀儡刺史，而且只有四郡，但总强于刘琮去做曹操的俘虏。

"诸葛亮舌战群儒"

这也是现成的回目，见罗氏原本《三国志通俗演义》卷九之五，毛氏改本《三国演义》第四十三回上。演义中有此回，志书中无此记载。是小说家凭想象、推理写出的。

"群儒"者，张昭、虞翻、步骘、薛综、陆绩、严畯、程秉也。还有张温、骆统……来不及发言问难。这些文士都是东吴的"鸽派"，说得不客气点，是投降派。他们见"鹰派"——抗战派的鲁肃引来的"说客"诸葛亮，怎不掀起激烈的论争！因为对于和战问题之争，是决定东吴命运的。他们料到，诸葛亮无疑是"鹰派"的煽动者，想"火中取栗"的空空妙手。

当时曹操与孙权书："近者奉辞伐罪，旌麾南指，刘琮束手。今治水军八十万众，方与将军会猎于吴。"他把孙权当小孩，视吴人皆无胆者，这是恫吓性的"哀的美敦书"。据《三国志·吴主传》注引《江表传》："权得书以示群臣，莫不响震失色。"《吴主传》又有"诸议者皆望风生畏，多劝权迎之"语。《江表传》由后来回顾当年，"权既即尊位，请会百官，归功周瑜；昭举笏欲褒赞功德，未及言，权曰：'如张公之计，今已乞食矣！'昭大惭，伏地流汗。……盖以昔驳周瑜、鲁肃等议非也。"因为"惟瑜、肃执拒之议，意与权同"。周瑜、鲁肃是"鹰派"，孙权是偏听鹰派的，自然是鹰派的头头。当时东吴基本上是"文要降、武要战，纷纷不定"。

《三国志》的注者裴松之以为"张昭劝迎曹公，……若使昭议获从，则六合为一，岂有兵连祸结、遂为战国之弊哉！虽无功于孙氏，有大当于天下矣。……"见仁见智，亦是一种看法。果真如此，那就当日之域中，早是曹家之天下，罗贯中将没有什么好写的，在下亦无从说三分了。

罗氏写这一回，恐怕还是根据《资治通鉴》卷六十五："长史张昭曰：'曹公，豺虎也。挟天子以征四方，动以朝廷为辞，今日拒之，事更不顺。且将军大势可以拒操者，长江也；今操得荆州，奄有其地，刘表治水军，蒙冲斗舰，乃以千数，操悉浮以沿江，兼有步兵，水陆俱下，此为长江之险已与我共之矣，而势力众寡义不可论，愚谓大计不如迎之。'"

这一段话，不见于《三国志·张昭传》，是同书《周瑜传》中引"鸽派"的议论，司马光把它属之张昭。《三国志》中的"诸议者"即《资治通鉴》中"张昭等"，此即小说家所本。

这一回写诸葛亮的舌战中，口若悬河，辩才无碍，好看煞人。虽然除了张昭以外，许多人的话都是小说家编造的，无中生有，但读者宁信其有，不信其无。

想象之词，司空见惯；惟"推理小说"，似在二十世纪六十年代始崛起为雄，号称新流派；未料十四世纪的中国，小说家已创此手法，且运用得这般熟练，是可惊的成就。

"周瑜打黄盖"及其他

  俗话常说："周瑜打黄盖，一个愿打，一个愿挨。"言其两厢情愿彼此默契也。此典出于戏剧，戏剧则本自小说。皮黄剧常在演《群英会》之后，接着便是《打盖》，《借箭》，最后是《祭东风》，皆好节目，看官已熟知了，何须在下饶舌。

  然查陈寿《三国志》，不论在《周瑜传》，还是在《黄盖传》中，此事均不见记载。赤壁火攻破曹，应算黄盖首功，因为他是献计者与执行者，《周瑜传》云："时曹公军众已有疾病，初一交战，公军败退，引次江北，瑜等在南岸。瑜部将黄盖曰：'今寇众我寡，难与持久。然观操军船舰首尾相接，可烧而走也。'乃取蒙冲斗舰数十艘，实以薪草，膏油灌其中，裹以帷幕，上建牙旗，先书报曹公，欺以欲降。又预备走舸，各系大船后，因引次俱前。曹公军吏士皆延颈观望，指言盖降。盖放诸船，同时发火。时风盛猛，悉延烧岸上营落。顷之，烟炎张天，人马烧溺死者甚众，军遂败退，还保南郡。（刘）备与瑜等复共追。曹公留曹仁等守江陵城，径自北归。”

又《江表传》：“至战日，盖先取轻利舰十舫，载燥荻枯柴积其中，灌以鱼膏，赤幔覆之，建旌旗龙幡于舰上。时东南风急，因以十舰最著前，中江举帆，盖举火白诸校，使众兵齐声大叫曰：‘降焉！’操军人皆出营立观。去北军二里余，同时发火，火烈风猛，往船如箭，飞埃绝烂，烧尽北船，延及岸边营柴。瑜等率轻锐寻继其后，擂鼓大进，北军大坏，曹公退走。”

《江表传》录有黄盖致曹操的诈降书，不言是阚泽投递的。“连环计”，也用不着庞统，原是“操军船舰首尾相接”。至于“祭东风”，更无其事。要说有，也只能说是诸葛亮识天文、懂气象学而已。

回头再说到《群英会》，那个蒋干也并非“面酱”、“窝囊”，不过戏里把他派为丑角，与雉尾生装带雍容的周郎相对成趣，那是编戏的艺术手段。

据《江表传》载：“干有仪容，以才辩见称，独步江、淮之间，莫与为对。”分明也是一个漂亮人物，可能他比周郎还年轻，周对他说："岂足下幼生所能移乎?""幼生"二字可证。周瑜揭破他想为曹操做说客，"干但笑，终无所言。干还，称瑜雅量高致，非言辞所能间。"亦无"盗书"之事。

至于"借箭"，本是孙权的急智，那是赤壁之战以后的事，《三国志·吴主传》引《魏略》："权乘大船来观军，（曹）公使弓弩乱发，箭著其船，船偏重将覆，权因回船，复以一面受箭，箭均船平，乃还。"这不是为了借箭，而是怕翻船。小说家让"孙冠葛戴"，后事移前，编造了草船借箭的故事。戏演得诸葛亮视曹军如无物，以衬鲁肃之张皇失措，不在唱腔，而在做工，由此可见，戏剧情节之动人，甚于小说及正史之列传也。

铜雀春深何关二乔

杜牧《赤壁》诗云：

折戟沉沙铁未销，

自将磨洗认前朝。

东风不与周郎便，

铜雀春深锁二乔。

可见唐人已有这样的认识：如果赤壁之战，没有东风，周郎将不能火攻取胜；曹操就会把江东的乔氏姐妹作为他的战利品，载归铜雀台了。

"咏史""怀古"一类的诗，不是历史。正如以历史为题材的小说，哪怕是标榜为"历史小说"的，也不是历史。看来诗人是信口开河，小说家更变本加厉，多少读者，被他们瞒过了。

《三国志·魏书·武帝纪》：建安"十五年……冬作铜雀台"。然则建台之事，在赤壁战后整整两年，曹操受汉封为魏公，"九月作金虎台，凿渠引漳水入白沟以通河"。其后又作冰井台，可能有二桥与铜雀台相连。故赋中这几句伪辞（这是诸葛亮念的，不是曹植写的，真赋见后），先有"立双台于左右兮，有玉龙与金凤"，紧接着才是"揽二桥于东南兮"云云。这东南似指二桥的方位，不是指二乔所在的江东江南。姑妄听之，姑妄辩之。

又按：乔姓之乔，《三国志》、《后汉书》均作"桥"，而口头念来是同音的。不管诸葛亮用山东话还是用襄阳话念给周瑜听，都用不着省去"木"字旁。

桥玄是曹操师友之间的故人，他是最早赏识曹操的，《武帝纪》"玄谓太祖曰：'天下将乱，非命世之才，不足济也。能安之者，其在君乎！'"又对操说："吾见天下名士多矣，未若君者也。君善自持。吾老矣，愿以妻子为托。"曹操更是尊重桥玄的。建安七年，官渡之战前，还"遣使以太牢祀桥玄"，祭文有"吾以幼年，逮升堂室，特以顽鄙之资，为大君子所纳。增荣益观，皆由奖助。……士死知己，怀此无忘！……"等语，是很真挚而沉痛的。他纵是好色，也不会垂涎到"以妻子为托"的故人遗孤。（在下要提醒看官：这时两女已经年过三十，又都是有儿有女的妇人了。）由曹操对待蔡邕之女蔡文姬，可以例见这位"奸雄"别有风义的一面。曹操要取二乔之说，是难以置信的。

赤壁之战那一年，曹植刚十六岁。《铜雀台赋》可断言不是他十五岁以前的作品，也不可能是刚建铜雀台以至又建金虎台时写的。更不是诸葛亮从别的赋句移来以骗周瑜，而是演义作者编造这几句以娱看官罢了。（罗氏原本《三国志通俗演义》说铜雀台是曹操预筑，尚未成，曹植是预赋，早成，比较能自圆其说。）

但查《曹子建集》，只有《登台赋》，并没有说登铜雀台，亦不触及"二桥"。其全文是——"从明后之嬉游，聊登台以娱情。见大府之广开，观圣德之所营。建高殿之嵯峨，浮双阙乎太清。立冲天之华观，连飞阁乎西城。临漳川之长流，望众果之滋荣。仰春风之和穆，听百鸟之悲鸣。天功恒其既立，家愿得而获呈。扬仁化于宇内，尽肃恭于上京。虽桓文之为盛，岂足方乎圣明。休矣美矣，惠泽远扬。翼佐皇家，宁彼四方。同天地之矩量，齐日月之辉光。"（据上海涵芬楼影

印宋大字本）

　　从"明后"、"桓文"、"翼佐皇家"（谓辅弼汉室）这些辞语看，是曹植中年的作品。那时他父亲曹操已进封魏王，事在建安廿一年，曹植此赋，成于建安廿一年后，演义把这赋中段添入八句，末段又添八句，改动了一些字眼（有的显然是错字），朗诵为"兮兮调"口气，稍一含糊，如"翼佐皇家"变为"翼佐我皇家兮"，便成了"赋中之意，单道他家合为天子，誓取二乔"了，可谓偷天换日。这套魔术耍得好，且为杜牧的诗作了伪证。读者于此不可不察。

赤壁之战的尾声

赤壁之战，今本《三国演义》用了八个半回目（从《刘豫州败走汉津口》起）、四十万字的篇幅来描写这一战役，比这之前的袁、曹官渡之战，这之后的孙、刘夷陵之战更出色，成为本书最精彩的一部分，真所谓好看煞人！其中许多细节，虽属虚构，然亦言之成理。这是从来为读者所乐道的。

本来双方作战，从作战计划到战争行动，任何战略防御、退却或进攻，不论是组织序战或一场会战到最后决战，都是保密的。敌方往往是被蒙在鼓里，己方除了指挥员外或亦不使众周知（除了作战争总结）。千载以后的人，怎能了如指掌呢？罗贯中写它，只能根据大事记与一些七零八碎的材料（包括文字的、口头流传的、和自己的一些军事知识——罗氏曾参加元末起义的张士诚军），凭小说家的想象力来发挥。

所以，赤壁之战尽管写得动人，"七实三虚"都够不上，相反地，至多"三实七虚"。

倒是赤壁之战的两个尾声似余音绕梁，颇耐人寻味，而又是有所本的。可惜作者没有处理好。

一个是《诸葛亮智算华容，关云长义释曹操》。

《三国志·魏书·武帝纪》注引《山阳公载记》："（曹）公船舰为备所烧，引军从华容道步归，遇泥泞，道不通，天又大风，悉使羸兵负草填之，骑乃得过。羸兵为人马所蹈藉，陷泥中，死者甚众，军既得出，公大喜。诸将问之，公曰：'刘备，吾俦也，但得计少晚，向使早放火，吾徒无类矣！'备寻亦放火，而无所及。"演义先写赵云堵击，"火光竞天而起"，曹操"冒烟突火而去"；最后写关羽"截住去路，操军见了，亡魂丧胆，面面相觑"，原来"操回顾只有三百余骑随后，并无衣甲袍铠整齐者"，不能突围，只能哀求关羽，动以旧情，结果获得了对方的"义释"。关羽情愿自己受违令的处分，经过刘备讲情了结。

这是诸葛亮故意安排的，当关羽立下了军令状去华容道埋伏以后，"玄德曰：'吾弟义气深重，若曹操果然投华容道去时，只恐端的放了。'孔明曰

'亮夜观乾象，操贼未合身亡。留这人情，教云长做了，亦是美事。'"这未免把前面所写赤壁之战当作"儿戏"！为了要写关羽的"义气"，就把诸葛亮写得"妖气"了。

如果认为是诸葛之计——留下曹操以牵制东吴，使孙权、周瑜不敢乘战胜之势以全力来争荆州；要争，也只有在谈判桌上。这样放走曹操，就深刻了。

曹操兵败过华容，有史书为证。"义释"云云，则是乌有子虚之事。无论陈寿《三国志》中《武帝纪》或《关羽传》皆无之。与其写"义释"，不如写战略上的纵敌，更符合当时的形势。

另一个尾声是曹操哭郭嘉。

郭嘉是曹操的谋士，在擒吕布、料孙策、灭袁术、破袁绍、征乌丸、定辽东，都为曹操划策，无役不与。他在曹操下江南的昨年死去，亡年三十八岁。曹操既脱华容之难，回到南郡，仰天大恸，"吾哭郭奉孝耳！若奉孝在，决不使吾有此大失也。……众谋士皆默然自惭"。这与《三国志·魏书·郭嘉传》相同，惟"众谋士皆默然自惭"，似小说家顺手给曹营众谋士脸上抹黑。其实曹操这一哭，他的潜意识里是痛定思痛，由战场上的敌手想到自己的年轻助手。

曹操当时已是老于用兵且有赫赫之名的人，年龄已五十四岁（古人计算年龄，都从虚岁，下同），是孙权们的长辈。赤壁之战却败在他的后辈一批青年手里，那时——建安十三年，荆吴联盟的重心、联军的统帅孙权，不过二十八岁；作为荆方的代表、驻吴参与决策定计的诸葛亮，也才二十八岁；前敌总指挥、都督水陆两军的周瑜，三十四岁；穿针引线促成孙刘联合战线的鲁肃，三十七岁。因类以求，由此及彼，故曹操想到死去不久的郭嘉也。

倘是细加推理，这个尾声还可以写得更入情吧。

尾声既毕，戏作一偈：

义释何若纵敌？

青年定胜老瞒。

作家或不此写，

读者可如是观。

刘备与孙夫人

赤壁战后，荆吴结亲——刘备娶孙权的小妹，当然是政治婚姻。当时续弦的刘备已四十九岁，初嫁的孙氏比他小三十岁，论年龄，是很不相配的。

她叫孙仁，跟她四个哥哥，策、权、翊、匡一样，都是排单名。"孙尚香"是编戏的替她取的。关于这件婚事，在《三国志·蜀书·先主传》中仅有寥寥数笔："（刘）琦病死，群下推先主为荆州牧，治公安。权稍畏之，进妹固好。先主至京见权，绸缪恩纪。"（时在建安十四年）

京剧乃有《甘露寺》、《回荆州》几出戏，皆本元人杂剧《隔江斗智》及小说《三国志演义》。剧中刘备得"乔国老"之助，预用乌须药染黑胡须。其实"先主无须"，语见《蜀书·周群传》，有张裕者，其人多须，刘备引用"诸毛绕涿"一语嘲之（涿郡东西南北，特多毛姓，这里以"诸"谐音"猪"、"涿"谐音"啄"）。张裕引潞州长迁涿州长者称"潞涿君"（谐音"露啄君"）语反嘲刘备，足见刘备入蜀以后，还是无须，受人嘲弄。刘备因此恨张裕，后来借故把他杀了。

演义和京戏中所出现的"乔国老"其人，即桥玄。据《后汉书·桥玄传》："玄以光和六年卒，时年七十五。"即早于刘孙结亲前二十六年已作古了。那时孙权才一岁，他妹妹还未出世。此刻在"龙凤呈祥"中，岂不是出鬼吗？我们只能当作"天赐良媒"让圣诞老人登场罢了。就是孙母吴国太，也早在建安七年死了，怎么能活来主婚？甘露寺是孙权的孙子孙皓甘露元年才建筑的，如何又出现在此相婿？

话说这位孙小姐，原不是等闲之辈，她家据江东霸业，已经三世，她当然是江东第一小姐，嫁到荆州，又是皇叔第一夫人。"娇""骄"两字是俱有的，加上绮年玉貌，又有才识，还负有特殊使命，来做刘备的工作乃至于钳制刘备的。刘备君臣，很难对付她。《蜀书·法正传》："初孙权以妹妻先主，妹才捷刚猛，有诸兄之风。侍婢百余人，皆亲持刀侍立。先主每人，衷心常懔懔。"看来刘备是有几分怕老婆的。又，诸葛亮云："主公之在公安也，北畏曹公之强，东惮孙权之逼，近则惧孙夫人生变于肘腋之下。"这就更有几分疑她和防她了。所以刘备进军益州时，特留赵云在荆州为留营司马。"此时先主孙夫人以权妹骄豪，多将吴吏兵，纵横不法。先主以云严重，必能整齐，特任掌内事。"果然，"权闻备西征，大遣舟船迎妹。而夫人内欲将后主还吴，云与张飞勒兵截江，乃得后主还"（《蜀书·赵云传》注引《赵云别传》）。《二主妃子传》注引《汉晋春秋》亦云："先主入益州，吴遣迎孙夫人。夫人欲将太子归吴，诸葛亮使赵云勒兵断江，留太子，乃得止。"这就是演义六十一回《赵云截江夺阿斗》所本。看官们可以想见，诸葛亮不动声色注意于后，赵云出入防范于前，他们随时都是提心吊胆的。

孙夫人为什么要带走阿斗？无非是东吴想搞到一个"人质"。结果人质弄不到手，孙夫人一回娘家，便永远与刘备劳燕分飞了。

这种扣留人质的想法，东吴原是在刘备本身上打主意的。《蜀书·庞统传》注引《江表传》："先主与统从容宴语，问曰：'卿为周公瑾功曹，孤到吴，闻此人密有白事，劝仲谋相留，有之乎？在君为君，卿其无隐。’统对曰：‘有之。’备叹息曰：‘孤时危急，当有所求，故不得不往，殆不免周瑜之手。天下智谋之士，所见略同耳！时孔明谏孤莫行，其意独笃，亦虑此也。孤以仲谋所防在北，当赖孤为援，故决意不疑。此诚出于险途，非万全之计也。’”在演义五十五回中有周瑜致书孙权，设谋软困刘备一段话，大概就是由此而来，也与《吴书·周瑜传》相符。

孙夫人既还吴，刘备就在成都另娶了吴夫人——刘瑁的遗孀。这时东吴袭取荆州，关羽败亡，吴蜀一度成为敌国。孙刘两家的政治婚姻，原是想巩固两家联盟的，也破裂了。夷陵之战刘备失败以后，孙权遣使请和，联盟初步恢复，但“鸳梦”已不能“重温”了。

政治婚姻，没有爱情基础，只算是一场戏而已。“舞台妆卸罢，同是陌生人。”可哀的是孙夫人，做了她哥哥的牺牲品。

附识：此文发表日恰逢圣诞节

曹操的女婿

建安十八年（公元二一三年）秋，曹操将三个女儿——曹宪、曹节、曹华，献给汉帝，想必这是曹操杀了受"衣带密诏"的董承，并株连其女董贵妃之后，给献帝以三抵一的"补偿"吧。献帝封她们为贵人。据《三国志·魏书·后妃传》，贵人魏称贵嫔，是皇帝的高级小老婆，其身份、地位仅次于皇后。次年，曹操酖杀了皇子二人，并把他们的母亲伏皇后幽禁致死。又次年，曹节就被立为皇后。这样一来，曹操不仅是汉丞相、魏公，而且是汉天子的丈人了（当他女儿未进位皇后，曹操尚不能把献帝刘协视作女婿）。

说到曹操的女婿，本来另有两位待选者：一位是才子丁仪，一位是神童周不疑。丁仪是曹植的死党，周不疑是曹冲的好友。曹操倘得丁、周二人为婿，自己以"老伯"身份进而为丈人，当是很自然的事，历史上也许会留下一段佳话。然而婚姻不成，周不疑先把性命送掉。

《零陵先贤传》："周不疑字元直，零陵人。幼有异才，聪明敏达。太祖欲以女妻之，不疑不敢当。太祖幼子仓舒（曹冲）夙有才智，谓可与不疑为侪。及仓舒卒，太祖心忌不疑，欲除之。文帝（曹丕）谏以为不可。太祖曰：'此人非汝能驾御也。'乃遣刺客杀之。"

按：不疑死时在建安十三年曹冲死后不久，可能是年末，也可能是十四年死的，不疑才十七岁。这时，曹操既大败于赤壁，又丧爱子于许都，迁怒之下，周不疑就做了牺牲品。

在唐人的著述里，还残存着有关周不疑的记载。如《北堂书钞》卷一一八："曹操攻柳城不下，图画形势问计策，周不疑进十计，攻城即下。"又如《艺文类聚·祥瑞部》引周不疑作《白雀颂》云。

可见，周不疑小小年纪，文能作赋，武能用兵，确是不凡，曹操择婿，是很有眼光的。不肯做曹家姑爷，即杀之，更是奸雄本色。

另一位想做曹家姑爷而不得的丁仪，却被曹丕杀了。《三国志·魏书·陈思王传》：“文帝即王位，诛丁仪、丁廙，并其男口。”注引《魏略》：“丁仪字正礼，沛郡人也。”他的父亲丁冲，与曹操是旧交。曹操听说这位故人之子是佳士，“欲以爱女（清河公主）妻之，以问五官将（即五官中郎将曹丕），五官将曰：‘女人观貌（看对方的容貌美不美），而正礼目不便（丁仪眼睛有缺陷——目眇），诚恐爱女未必悦也。以为不如与伏波子楙（伏波将军夏侯惇之子夏侯楙）。’太祖从之。”这样，夏侯楙本是曹操的族侄（曹操父亲本姓夏侯，过继给太监曹家为子，曹操与夏侯楙原是从兄弟），却做了魏国驸马。若论封建社会的礼法，或者现在的婚姻法，曹操都是违法的。因为他们明明是同姓，又还在五服之内。

且说丁仪做了丞相的掾（属吏），曹操与之接谈，听其议论，大加赏识。曹操说：“丁掾，好士也。即使其两目盲，尚当与女，何况但眇？是吾儿误我！”原来曹操选婿，重才不重貌，与其子女异趣。丁仪也因为不得尚公主，遂恨曹丕而更亲近曹植。曹操死后，曹丕袭王位，就贬了曹植，杀了二丁，事在汉延康元年（公元二二〇年）。那已是魏国统治者内部的政治斗争，无关那位清河公主了。

　　至于清河公主嫁了夏侯楙以后，并不是好姻缘。膏粱子弟夏侯楙由于少时与曹丕交好，曹丕即位后，给他做安西将军，都督关中。"楙性无武略，而好治生，……在西多蓄伎妾，公主由此与楙不和。……"（据《魏略》）

　　清河公主是曹操的长女，名字待考。曹操还有哪些女儿？《三国志》均无明文，此亦古史官重男轻女之一例也。

曹娥碑·曹操·杨修

　　《后汉书·列女传》："孝女曹娥者，会稽上虞人也。父盱，能弦歌为巫祝，汉安二年五月五日，于县江溯涛迎婆娑神，溺死，不得尸骸。娥年十四，乃沿江哭，昼夜不绝声，旬有七日，遂投江而死。至元嘉元年，县长度尚，改葬娥于江南道傍，为立碑焉。"唐·李贤注引《会稽典录》："上虞长度尚弟子邯郸淳，字子礼，时甫弱冠，而有异才，尚先使魏朗作曹娥碑，文成未出。……因试使子礼为之，操笔而成，无所点定，朗嗟叹不暇，遂毁其草。其后蔡邕又题八字曰：'黄绢幼妇，外孙齑臼。'"

　　范晔不愧良史，记人记事，不蔓不枝。李贤注引，补史之不足。这样我们就知道了曹娥其人和曹娥碑的遗事。

　　与范晔同为南朝宋人的刘义庆，著《世说新语》，在《捷悟》篇却说："魏武尝过曹娥碑下，杨修从碑背上见题作'黄绢幼妇，外孙齑臼'八字。魏武谓修曰：'解否?'答曰'解。'魏武曰：'卿未可言，待我思之。'行三十里，魏武乃曰：'吾已得。'令修别记所知（各自写出）。修曰：'黄绢'，色丝也，于字为'绝'；'幼妇'少女也，于字为'妙'；'外孙'，女子也，于字为'好'；'齑臼'，受辛也，于字为'辞'（辞字古写作辤），所谓'绝妙好辞'也。魏武亦记之与修同。乃叹曰：'我才不及，乃觉三十里。'（行三十里后才觉悟）"

这个故事是脍炙人口的。梁·刘孝标注也节引《会稽典录》，但却指出刘义庆所记的一个不合史实的大漏洞："按曹娥碑在会稽中，而魏武、杨修未尝过江也。"（以上据明嘉靖刻本《世说新语》）

曹娥碑在浙江上虞，在汉时属会稽郡。曹操赤壁之战败北，平生未越过长江，如何来到上虞观碑？

小说家把它改写了，这故事便合情合理。它写曹操兵出潼关，路过故人蔡邕庄上，邕死后其女蔡琰（文姬）原是曹操向南匈奴赎回的，另配夫董祀（《三国演义》误作董纪。《三国志通俗演义》不误，传是罗贯中原本）。"时董祀出仕于外，只有蔡琰在家，琰闻操至，忙迎接，操至堂，琰问起居，侍之于侧。操偶见壁间悬一碑文图轴，起身观之，问于蔡琰，琰答曰：'此乃曹娥碑也。……妾父蔡邕闻而往观，时日已暮，乃于暗中以手摸碑文而读之，索笔大书八字于其背，后人镌石，并镌此八字。'操读八字云'汝能解否?'琰曰：'虽先人遗墨，妾实不解其意。'操回顾众谋士曰：'汝等解否?'众皆不能答。于内一人出曰：'某已解其意。'操视之，乃主簿杨修也。操曰：'卿且勿言，容吾思之。'遂辞了蔡琰，引众人出庄。上马行三里，忽省悟。笑谓修曰：'卿试言之。'修曰：'此隐语耳。……总而言之，是绝妙好辞四字。'操大惊曰：'正合孤意。'众谋士叹羡杨修才识之敏。"（《三国演义》第七十一回）

这样不仅把《世说新语》的漏洞填补，而且死蛇耍得活，读者不得不佩服小说家使用旧材点铁成金。更有进者，在率"四十万"之众出征汉中的途中，插此闲笔，更觉得荼火军容之际，忽有佳会，读古碑拓本，赏隐语廋辞，片刻之谈，娓娓动人。不须另写一回以传了。

不过演义写"邯郸淳时年十三岁，文不加点，一挥而就"，较《会稽典录》说邯郸淳"时甫弱冠"

（十九岁）减小了年龄；又，曹操"上马行三里，忽省悟"，较《世说新语》"乃觉三十里"缩短了里程；那是小说家想突出邯郸淳的早慧，和曹操不比杨修差太多。这种"减年法"和"缩地法"是小说家的惯技。

明代大画家戴进曾绘有魏武看碑图，清诗人沈德潜曾题之，序云："魏武未尝渡江，看碑会稽之上虞，其事莫须有也。"诗结尾转到杨修身上："……此文传是蔡邕赞，敏绝杨修识黄绢。老瞒心异伏兵机，就烹先在能鸣雁[①]。聪明受患古今同，画师微意传毫翰。吁嗟乎！才子渝则戕其身，爱深舐犊空伤神[②]。何如投江抱尸知有父，碑虽漫灭[③]心常存。"是说曹操之杀杨修，早已伏机如此云，与罗贯中语"此时操恶杨修之才高出于己，而有杀修之意"相同。（见《三国志通俗演义》卷之十五。《三国演义》无之）小说家、诗人都比画士高明，前者为古人打圆场；后者不骂题，却说开去，想到杨修之死。都是锦心绣口。戴进虽画得好，终是笨伯！

注释：

　　① 用《庄子》典。庄子到朋友家做客，主人叫杀雁（鸭）为肴，他家

有两只雁，一能鸣，一不能鸣。仆人请示杀哪一只，主人说："杀不能鸣者"。此反用其意。

②　谓杨修父亲杨彪有"舐犊之爱"。

③　曹娥碑早不存，稍后有晋人王羲之帖，更后有宋人蔡卞书碑。由来碑帖考证著录，颇多歧异。沈诗"碑虽漫灭"，亦含糊其词耳。

关于《杨修之死》

　　中学语文课本中《杨修之死》，选自《三国演义》。《三国演义》是清初毛宗岗根据罗贯中原本《三国志通俗演义》改过的。其中人物、故事、情节等什九相同；尊刘汉、抑曹魏的态度也基本相同，《三国演义》则更表现得鲜明些，书中写真人真事，虽本陈寿的《三国志》，但小说与正史是有距离的。清代学者章学诚认为是"七实三虚"，即七分实事，三分虚构。惟这段《杨修之死》，却是真人真事，与正史无多殊异。载《三国演义》第七十二回下《曹阿瞒兵退斜谷》，即《三国志通俗演义》卷十五第四节《曹孟德忌杀杨修》。

　　杨修是怎样一个人？

　　陈寿的《三国志》把他附在《魏书·王粲传》中，范晔的《后汉书》也是附在《杨震列传》末。

他是杨震的玄孙，杨彪的儿子。杨震做过太尉，杨彪也是太尉，还当过司空，杨震的儿子杨秉，孙杨赐，都是东汉时的太尉。《后汉书》云："自震至彪，四世太尉。"杨家自西汉初杨喜受封赤泉侯以来，到杨修已八世，他家是高级士族。曹操出身卑微，是"阉宦"（太监）之后。阉宦怎么会有后代呢？原来曹操的父亲是夏侯家之子过继给曹氏的。曹操为了要打天下，就得争取高门世族的人来合作，以资号召，不论帮忙、帮凶、帮闲，都好；当然，帮忙的最需要。当时与杨家齐名的是袁氏，就是曹操初期最大的政敌袁绍。他家是"四世五公"，因此高级和中级士族很多都去归附袁绍。由于中原扰攘，有一些则南下荆州依托既是名士又号称汉室宗亲的刘表，在曹操那里的并不多，因为他们看不起曹操。杨氏父子是忠于汉室的，而汉帝（刘协）在曹操掌握之中，杨彪始终跟着汉帝，杨修便当了丞相主簿（曹操的秘书）。

建安十八年（公元二一三年），曹操已称魏公；二十一年，进封魏王；来投奔他的人已渐渐多了——包括过去曾归附袁绍的、依托刘表的……但杨彪是汉室的元老重臣，名望素高；杨修是才子，又是曹操爱子曹植的好友；他们父子还是受到曹操的器重。二十四年，曹操与刘备争夺汉中，不胜，退兵。当曹操将放弃汉中，满肚皮不高兴，正在懊恼而又彷徨之际，杨修却识破他"鸡肋"之意，传扬了出去，算是泄密，便以"造谣乱我军心"罪状处死。

杨修仅仅是为"鸡肋"事故而被杀吗？《三国演义》已有交代："原来杨修为人恃才放旷，数犯曹操之忌"，如猜中曹操"阔"、"合"字谜，点破曹操伪梦杀人；最关键处即最遭忌处是做了曹植党羽。曹丕、曹植争做曹操的接班人，已各树党结帮，兄弟之间，矛盾很大，斗争颇烈，但都瞒着曹操，彼此使的都是"阴着"。如课文所选这一段举出的曹丕密请吴质入内府议事，杨修探得，报告了曹操；吴质便教曹丕"用大簏装绢再入以惑之"。又如曹操欲试丕、植之能，"令各出邺城门，却密使人吩咐门吏，令勿放出。曹丕先至，门吏阻之，丕只得退回"；曹植却说："吾奉王命，谁敢阻挡？"即斩门吏。"于是曹操以植为能。"这是杨修教的。杨修还为曹植"押题"，预拟答案，"但操有问，植即依条答之"。后来被曹丕揭发了。还有《演义》外的，如建安"二十四年，曹仁为关羽所围，太祖（曹操）任植为南中郎将行征虏将军，欲遣救仁，呼有所敕戒，植醉不能受命，于是悔而罢之"

（见《三国志·魏书·陈思王传》注引《魏氏春秋》），是曹丕灌醉他的。这手"阴着"，《演义》没有写。《演义》也不能什么都写，我也不能离题太远多饶舌，只增举一个事例，以供教学上参考。

现在仍回到题上说杨修。

在《三国演义》第七十一回，已有一段写曹操与杨修同观曹娥碑文，有蔡邕题八字云："黄绢幼妇，外孙齑臼。"杨修很快解得这是"绝妙好辞"的隐语——拆字谜，曹操"上马行三里"才省悟。（故事见《世说新语》，原是三十里乃觉。）《三国志通俗演义》卷之十五第一节已先说过："此时操恶修之才高出于己，而有杀修之意。"（请参看前文《曹娥碑·曹操·杨修》）

曹操爱才，也忌才。因才被祸的多矣，何况杨修的才竟用到干预其家国事来，所以非杀之不可。

杨修是袁绍的外甥，这一层关系，曹操不会忘记。大概也想到（实际上是贾诩提醒他）袁绍"废长立幼"，以致袁氏兄弟俱败亡。这时曹操已决定立曹丕为王太子（曹操长子曹昂已亡，丕是老二，植是老四），当然"拥植派"先要剪除。杨修就碰在刀口上，杨修死时，四十四岁，《演义》作"三十四岁"，那是小说家有意把他写得年轻。

《演义》这一段《杨修之死》，仅用了一千三百字，把两个人物，一个新兴贵族魏王曹操，一个世家子弟杨修写活了；两个人都有才，一个忌才杀人，一个逞才被害，而连及有关的人，如将接班的曹丕、失宠的曹植、被佯怒欲斩的夏侯惇等；并补写了过去造花园、送酥食、杀近侍等事。可谓"简而能华"或"言简事备"。又于七十一回中用约七百字写看曹娥碑文，猜"黄绢幼妇、外孙齑臼"事，为杨修之死作了伏笔。尤可贵者，在一次大战争中插以韵事闲笔，小说家真有"手挥五弦，目送飞鸿"之能。他前后只用二千字来完成一段插曲，曲终奏雅，艺术上是成功的。我也用了过两千字来写这篇拙劣文字，却未必说得清楚，不禁汗颜，愧对读者，尤其愧对罗、毛。正如黄山谷诗云："古人不见仰山高！"但却不"望'杨'兴叹"。

《演义》从汉灵帝中平元年（公元一八四年）黄巾起义起，到晋武帝太康元年（公元二八〇年）平定吴国止，写一百年的历史（虽然严格地说它不能代替历史书），家喻户晓。这一部伟大的小说，不在《水浒传》、《红楼梦》之下。"好书不厌百回读"，这用不着我再作赘语了。

关羽爱戴高帽子

相传有这样的故事：关羽成神后，奉玉帝旨，监视南天门。某日，一位散仙，挑一担什物过此，关老爷喝住，问是何人？带何物？作何用？去何方？散仙回答："小仙名不挂朝籍，玉帝批准下凡，做小买卖，随带高帽百顶，卖与人间。"关公听罢，怒道："戴了高帽子，误尽苍生。不许通过！"散仙连忙解释："这种帽子，世人爱戴，已成习惯。无高帽子，他们不舒服，难过日子，要是世人都像您老人家，我也不做这生意了。"言毕只见关公微笑，喝令放行。散仙挑起担子，出南天门，回头检视，帽子已少一顶。……

编故事的人，从陈寿或罗贯中那里得到依据。不然的话，他何以不把这故事编给张飞或马超？还有赵云？（我且不说黄忠，那是关羽"不与老兵同列"的。）

　　小说家写《关云长义释曹操》（见《三国志通俗演义》卷十之十、《三国演义》第五十回），就是曹操说了一段《春秋》故事，引了几个古人，送了一顶高帽子与关公，得到"义释"的。关羽原是承其家学，治《春秋》的。（黄奭云："羽祖石磐，父道元，并羽三世，皆习《春秋》。"见《三国志集解》）窃以为此乃罗贯中大本领处，发陈寿之所未发。盖这顶高帽子恰恰合头也。

　　关羽爱戴高帽，《三国志》记载不止一处。诸葛亮被称为"三代以下第一人"，他也"人心不古"，曾送给关羽此帽一顶。《蜀书·关羽传》："羽闻马超来降，……问超人才，可谁比类？亮知羽护前（即不肯落人后、居人下），乃答之曰：'孟起（马超）资兼文武，雄烈过人，一世之杰，黥、彭之徒。当与翼德（张飞）并驱争先，犹未及髯之绝伦逸群也。'……羽省书大悦，以示宾客。"有人说诸葛亮这顶帽子还有两个副作用，一是离间了关、张，二是孤立了关羽。客观上确有些对，也许是智者千虑之一失吧。

　　现在说"不与老兵同列"的话。那是刘备称汉中王后，拜关羽为前将军，马超为左将军，张飞为右将军，黄忠为后将军。"羽闻黄忠为后将军，怒曰：'大丈夫终不与老兵同列！'不肯受拜。"于是受派遣来拜官的费诗责以大义——这大义是随着一顶高帽子抛向关公头上的：

> 昔萧（何）曹（参）与高祖少小亲旧，而陈（平）韩（信）亡命后至；论其班列，韩最居上；未闻萧曹以此为怒。今汉中王以一时之功，隆崇于汉升（黄忠），然意之轻重，宁当与君侯齐乎？且王与君侯，譬犹一体，同休共戚，祸福共之。愚以为君侯不宜计官号之高下、爵禄之多少为意也。……（《蜀书·费诗传》）

于是关羽接受了前将军的官职。

关羽兴师北伐，拔襄阳，淹樊城，斩庞德，擒于禁，许昌南北，有人响应，曹操想迁都避开他的攻击，孙权却在背后捅他一刀。螳螂捕蝉，黄雀已在其后，先有陆逊包藏祸心向关羽送高帽子来麻痹他。有人是给鼓掌拍死的，陆逊写给关羽的信就是绝妙的掌声。

什么"小胜大克，一何巍巍，敌国败绩，利在同盟"呀；什么"于禁等见获，遐迩钦叹，以为将军之勋，足以长世。虽昔年晋文城濮之师，淮阴拔赵之略"

都没有超过您将军呀，什么我是晚辈书生，一切要您教导呀，……高帽子奉上了。（《吴书·陆逊传》）

曹操把孙权暗通他的信叫人射给关羽，想让这个同盟火并。关公为陆逊所迷惑，还不相信。局势就急转直下：吕蒙奇袭公安，陆逊别取宜都，关羽败走麦城，遂致荆州全失。

关羽戴上陆逊恭奉的高帽子，原也不愧。那时曹操方面，确已乱作一团，岌岌不可终日。据《魏横海将军吕君碑》："关羽荡摇边郡，虏刘民人，而洪水播溢，泛没樊城，平原十刃，外渎潜通，猛将骁骑，载沉载浮。于是不逞作慝，群凶鼎沸，或保城而叛，或率众负旌，自即敌门，中人以下，并生异心。"这碑文记录了当时真实情况。

奇怪的是益州方面，刘备、诸葛亮好像都在酣睡，关羽胜了，他们毫无接应增兵支援，败了竟不知道。关羽不正是执行诸葛亮的战略决策"将荆州之兵以向宛、洛"吗？却没有人"率益州之众，出于秦川"以分曹魏之势。这是何等大事！刘备、诸葛亮君臣竟不问不闻，听之任之，让关羽"单干"戴着高帽子败亡，响应关羽的"义军"，也烟消火灭鸟兽散！真不可解！

张飞妻女与夏侯渊父子

东汉末年，群雄割据，强大者跨州连郡，如袁绍占有冀、幽、青、并四州；弱小者暂时取得数城，如刘备之代领徐州。这些军阀不论大小，都有一个共同的劣点，就是军纪不好。《三国演义》经常渲染刘备的人马是仁义之军、王者之师，其实他处于逆境时，他的部下也未尝不做点掳掠的勾当。大将张飞的夫人，就是掳来的。《蜀书·张飞传》："飞妻为夏侯霸从妹，建安五年，为飞所得。"《魏书·夏侯渊传》："初，建安五年，霸从妹年十三四，在本郡出行樵采，为飞所得。飞知其良家女，遂以为妻。……"与夏侯姑娘同为张飞"所得"的物资和男丁，不消说是充当军实和新兵。夏侯霸是夏侯渊的长子，那么，张飞和他是未见面的郎舅，也就是夏侯渊的侄女婿了。有此一举，便把夏侯家的两代人一死一生，先后跟蜀汉以裙带关系连起来。

刘备之争汉中，主谋和亲自跟刘备到前线指挥作战的是法正，先锋是黄忠——不是戏剧中所演激将的诸葛亮激去的。

先是，建安二十年，曹操征张鲁，得了汉中，张鲁退入巴中，不久即降曹，巴蜀一夕数惊，生怕曹操趁势南下。乃曹操不此之图，《魏书·武帝纪》：是年"十二月，（曹）公自南郑还，留夏侯渊屯汉中"。

《蜀书·法正传》中，法正在建安二十二年对刘备说："曹操一举而降张鲁，定汉中，不因此势以图巴蜀，而留夏侯渊、张郃屯守，身远北还，此非其智不逮而力不足也，必将内有忧逼故耳。"果然，曹操是要对付西凉马超，和南拒孙权。又威逼献帝封他魏王，逮捕吉本（演义作吉平），平定耿纪、韦晃之变。

法正还说夏侯渊不是我们将帅的对手："举众往讨，则必可克。克之之日，广农积谷，观衅伺隙，上可以倾覆寇敌，尊奖王室；中可以蚕食雍、凉，广拓境土；下可以固守要害，为持久之计。此盖天以与我，时不可失也。"这一番话，打动了刘备的野心，推动了刘备的进取，于是刘备亲冒矢石，强攻定军山。经过这场激烈战争，建安二十四年，黄忠斩了魏之名将夏侯渊，刘备取得汉中，称了汉中王。在这欢庆的日子里，张飞夫人请葬夏侯渊，刘备依允了。

至于夏侯霸呢，他与蜀汉有杀父之仇，本是不共戴天的。所以他切齿欲报蜀之仇，累官魏偏将军、右将军、征蜀护军，统属征西，是蜀汉的死对头。然而，距离其父死难三十年后，夏侯霸竟归降蜀汉，来做国舅老太爷了。这时是蜀汉后主刘禅的延熙十二年。原来张飞的两位女儿——姐妹先后都是刘后主的皇后。

那时魏国的司马懿杀了曹爽，且翦灭曹氏并波及夏侯氏的家族（曹氏本出于夏侯）。夏侯霸因素为曹爽所重，只有逃亡了，穷途只身入蜀，失道，无粮，杀马为食。蜀廷派人去迎他入成都，刘禅接见，特为解释往事："卿父自遇害于行间耳，非我先人之手刃也。"又指着自己的儿子："此夏侯氏之甥也。"对夏侯霸"厚加爵宠"（均见《蜀书·后主传》）。终于夏侯霸成为姜维的得力助手，做了蜀汉的车骑将军。

《魏书·钟会传》引《汉晋春秋》："初，夏侯霸降蜀，姜维问之曰：'司马懿既得彼政，复有征战之志不?'霸曰：'彼方营立家门，未遑外事。有钟士季

（会）者，其人虽少，终为吴蜀之忧（《世说》亦同此说）。然非常之人，亦不能用也。……'"后来司马昭用了钟会，"后十五年，会果灭蜀"。其时夏侯霸已早亡，不然，钟会反司马氏，夏侯霸一定参加的，说不定有妥善之策，自全之计，而不会让钟会、姜维那样冒失，与他们同演悲剧收场吧！

《三国演义》只写蜀魏为敌国，无一字提及两方姻娅事，这是小说家尊刘抑曹，连及夏侯，有意讳言。在这点上，就隐瞒了史实，蒙蔽了看官。

替赵子龙抱不平

赵云是三国时名将，演义中写得他武艺超群，心细胆大，作风好，高姿态，识大体。小说家这样塑造赵将军，是无可非议的。毛本"五虎将"列为关、张、赵、马、黄，把《三国志》列传和罗氏原本的次序：关、张、马、黄、赵的"赵"提高到第三位，一是赵云与刘备的关系，仅次于关、张；二是演义中写赵云事迹与功劳，实多于马、黄。

《三国志·蜀书·赵云传》：赵云"本属公孙瓒，瓒遣先主为田楷拒袁绍，云遂随从，为先主主骑。"《赵云别传》："时先主亦依托瓒，每接纳云，云得深自结托。""先主与云同床眠卧。"后来"云以兄丧，辞瓒暂归"。等到重见刘备，他就跟定了。刘备投袁绍，他跟着；依刘表，他也跟着。只有征益州时，赵云留在荆州跟诸葛亮。就有截江夺回五岁的阿斗，不怕得罪孙夫人的事；比上一次长坂坡"七进七出"救出不满两岁的婴儿阿斗和保护甘夫人，似乎难度还大些。因为战场上对敌军，尽管拼命厮杀，船舱里对"主母"，要做到有理、有利、有节，与张飞做好做歹的对付她。还有，婴儿可藏于衣甲之内；学龄前儿童会说会闹，蹦蹦跳跳，从她娘手中抢过来，你道难不难？赵云之于刘备，可谓不负所托，完成任务。忠矣勇矣！至矣尽矣！

后来荆州失陷，关羽败亡。刘备称帝，首先伐吴。赵云谏言："国贼是曹操，非孙权也。且先灭魏，则吴自服。操身虽毙，子丕篡盗。当因众心，早图关中，居河、渭上流，以讨凶逆。关中义士必裹粮策马，以迎王师。不应置魏，先与吴战，兵势一交，不得卒解也。"刘备不但不听他，而且不用他，把他与诸葛亮同留在后方。诸葛亮也是不主张对吴用兵，从来是坚持联吴伐魏的。刘备这时很可能把赵云看作"葛派"。

揣刘备之用心，未必像演义所渲染的为关羽报仇，只是想争荆州。自计北伐力量不足，且运兵困难；东征则有余，顺流而下，拣较弱、较易的打。自己口口声声"光复汉室"的话不说了，诸葛亮的"隆中对”决策不顾了；什么人劝也听不进耳了。结果被陆逊反攻得一败涂地；被孙桓追得“逾山越险，仅乃身免”，还说“吾昔初至京城，桓尚小儿，而今迫孤乃至此也！”

这且按下不表，话说诸葛亮北伐初出祁山，就打了败仗，斩了马谡，自贬三级。马谡街亭这一路是对张郃；另一路是出斜谷，以赵云、邓芝对曹真，“云、芝兵弱敌强，失利于箕谷，然敛众固守，不至大败。军退，贬为镇军将军”。（赵云原任中护军、镇东将军、封永昌亭侯。据《赵云传》）马谡更是“葛派”，不得不斩；赵云不得不贬，以示不包蔽徇私。其实应由诸葛亮负责。所以他上疏云："……至有街亭违命之阙，箕谷不戒之失，咎皆在臣授任无方。”可见街亭与箕谷并论，只是有所重轻罢了。演义写赵云不损一人一骑，全师而退，那是小说家不忍在他塑造的英雄脸上带有一点黑。

赵云对于刘氏父子，是没有丝毫可非议的。然而刘备晚年，不重视他。他在蜀汉群臣中，地位不高，当刘备自立为汉中王时，群臣上表汉帝（献帝），署衔名的为首是平西将军都亭侯臣马超，以下是许靖、庞羲、射援、诸葛亮、关羽、张飞、黄忠、赖恭、法正、李严等，赵云就"等"在以下"一百二十人"之内。再后刘备称帝，上表劝进的又没列赵云的衔名。

刘备死后，刘禅继位，这位阿斗小皇帝十七岁，一切听从诸葛亮。诸葛亮死了，听从蒋琬。蒋琬死了，他才亲政，其时他已四十岁了。较之孙策十七岁起兵，二十五岁平定江东，孙刘两家儿子，真有虎豕之差，殊不料赵云两次救出的，竟是一个窝囊废。

而这位后主，却未尝记得赵云。《赵云传》："初，先主时，惟法正见谥。后主时，诸葛亮功德盖世，蒋琬、费祎荷国之重，亦见谥，……夏侯霸远来归国，故复得谥，于是关羽、张飞、马超、庞统、黄忠及云乃追谥……"由于"外议云宜谥"，"大将军姜维等议……应谥云曰'顺平侯'"，这才最后一个追谥的。事在追谥关、张、马、庞、黄的第二年，时为景耀四年，阿斗亲政已十五年，距离蜀亡只三年耳。

"汉家待功臣薄"，大皇帝如刘邦（高祖）、刘彻（武帝），到最后一个小皇帝刘禅，也是忘恩负义！让他"乐不思蜀"，做降魏的"安乐公"去罢。

魏王杀识魏王者及假魏王

唐·吴竞《贞观政要》记唐太宗对封德彝说："流水清浊，在其源也。君者政源，人庶犹水；君自为诈，欲臣下行直，是犹源浊而望水清，理不可得。朕常以魏武帝多诡诈，深鄙其为人，如此，岂可为教令?"这话出自李世民之口，可代表大部分唐代人对曹操的看法。

曹操诡诈，不论是罗贯中原本的《三国志通俗演义》或毛宗岗修改过的《三国演义》，都有大量的揭露和批判。后者还更重一些。就是正史《三国志》，虽以魏为正统，也不讳言。且按下不表。这里单说史书和小说所不载的一件事。

《世说新语》是南朝刘宋时刘义庆撰的，书成时去三国不远，其中《容止》篇有一条云："魏武将见匈奴使，自以形陋，不足雄远国。使崔季珪代。帝自捉刀立床头。既毕，令间谍问曰：'魏王何如？'匈奴使答曰：'魏王雅量非常；然床头捉刀人，此乃英雄也。'魏武闻之，追杀此使。"

这真是诡诈不可测！这位匈奴使者大概是"面相学家"，可谓"神鉴"，然而遭到了追杀。曹操以英雄自许，在我们所熟知的"青梅煮酒论英雄"故事中，他曾亲口对刘备说："天下英雄，惟使君与操耳。"怎么又忌讳人家识得他是英雄？这位识破他的人就一言而丧命。不仅本人所未料及，恐怕读者也未料及吧。更未料及的是：这次假扮魏王的崔季珪，后来也不免被"赐死"！

《三国志·魏书·崔琰传》：崔琰字季珪，是名儒郑玄的学生。他对曹操、曹丕都很帮忙的。他有才，更有貌："琰声姿高畅，眉目疏朗，须长四尺，甚有威重；朝士瞻望，而太祖（曹操）亦敬惮焉。"所以曹操要他来扮魏王，相貌堂堂，威风凛凛，以慑服匈奴使者。但他后来得罪了曹操，"于是罚琰为徒隶。使人视之，辞色不挠。太祖令曰：'琰虽见刑，而通宾客，门若市人，对宾客虬须直视，若有所瞋。'遂赐琰死。"这算是曹操的"教令"之一吧？至于杀匈奴使者，是秘密的，当然不会有教令。"辞色不挠"、"虬须直视"

不也是"声姿高畅"、"甚有威重"吗？用得着他时，这是好相貌仪容；用不着他时，倒成了取死的罪状。本来曹操"性忌"，既爱才，更忌才，凡是跟他有所抵触的人，都被灭除，不管过去有什么交情，或其人有功劳。《崔琰传》云"而琰最为世所痛惜，至今冤之"。其实冤死的又何止一个崔季珪。读《演义》的人，可以数出孔融、杨修、许攸、刘馥、荀彧、荀攸……许多人来。至于"做梦"杀侍卫，"借头"杀粮官（王垕），则不是忌才，而是诡诈。

曹操在中国文学史上的地位是不可动摇的。在军事上当然"兵不厌诈"；但以诈道处世、为政，诈术杀人以至于暗杀外邦使节，"奸雄"这顶帽子他所以戴了一千多年。

曹丕的武术

"生子当如孙仲谋"，曹操这一句话，流传了一千多年，我们都耳熟了。他夸赏敌方的儿子，不像某些人那样，"儿子总是自己的好"。

其实曹操自己的儿子，未必不如孙权。

《三国志·魏书·武文世王公传》：曹操先有正妻丁夫人（早与曹操离异），侧室刘夫人、卞夫人（后来升为后），继又有环夫人、杜夫人、秦夫人、尹夫人，也都是侧室，还有王昭仪、孙姬、李姬、周姬、刘姬、宋姬、赵姬。妻妾十四人，一共生了二十五个儿子。出现在《三国志演义》中的，只有七个，即长子昂、次子丕、三子彰、四子植、五子熊，还有曹据、曹宇，不知排行老几，《演义》且误把曹宇当作曹丕之子，实是曹丕的异母兄弟。

曹植是大文学家，与其父操、兄丕，在中国文学史上并称"三曹"，是"建安文学"的中心人物。黄须儿曹彰是战将。另有一个神童曹冲是"以舟称象"的发明者，符合"浮力定律"，可谓之为"中国的阿基米德"，但《演义》没有给这位鼎鼎大名的人留下名字和事迹。

我这篇单说曹丕。他有名著《典论论文》，其《燕歌行》算是七言诗之祖，看来不是武人无疑了。其实他自幼便娴于骑射，长大更精剑术，又善使戟。《演义》似乎深恶曹丕，对这些是一字不提的。

《典论自序》云："……余年五岁，上（指曹操）以世方扰乱，教余学射，六岁而知射；又教余骑马，八岁而能骑射矣。以时之多故，每征，余常从。建安初，上南征荆州，至宛，张绣降，旬日而反，亡兄孝廉子修（即曹昂）、从兄安民遭害，时余年十岁，乘马得脱。……"一个十岁娃娃，竟能从千军万马中乘隙突围逃出，足见他马术不错。遗憾的是《战宛城》这出戏中，少此一角。

《典论自序》中又说到有一个奋威将军邓展，"善有手臂，晓五兵，又称其能空手入白刃"，他与曹丕论剑，谈了许久，曹丕说：您的剑法不对。邓展便要求比试一下，"时酒酣耳热，方食芋（甘）蔗，便以为杖，下殿数交，三中其臂。左右大笑"。邓展还未服输，要再来一次，曹丕说我没有打中你的头部，只是齐臂攻击罢了。第二次"余知其欲突以取交中也，因伪深进，展果寻前，余却脚剿（退步袭击），正中其颡。坐中惊视，余还坐笑曰：'昔阳庆使淳于意去其故方，更授以秘术，今余亦劝邓将军捐弃故技，更受要道也。'一坐尽欢。……"这可算是一篇"论剑"的妙文，其精彩处可与他的《典论论文》比美。原来曹丕学击剑"阅师多矣，四方之法各异，唯京师为善。桓、灵之间，有虎贲王越，善斯术，称于京师，河南史阿言昔与越游，具得其法。余从阿学之精熟"。那么，曹丕的剑术，转益多师，渊源有自，不是吹牛皮的。他还善使双戟，又能"以单破复"。陈寿评他"才艺兼该"，当不仅是指其文事。

可惜孙坚早死，不知道曹丕有如此能耐。否则，他将会说"生子当如曹子桓"吧。

从《典论自序》里附带给我们一点历史知识，就是在汉魏之际，中国北方已可食到甘蔗，大概是从南方来的，不过只有上层社会才能吃到，可能是东吴的"贡品"吧（那时东吴的版图，包括闽、粤、桂、台湾及越北等产蔗地区）。闲话却不敢妄说，借此质教于饮食史家。

再谈曹丕

上一篇《曹丕的武术》我曾说了曹丕一些"佳话"，看官们不要以为那就是捧他。现在我要写他的丑闻、恶行，今本《三国演义》三十三回《曹丕乘乱纳甄氏》、七十九回《兄逼弟曹植赋诗》透露了一些，但作者却不是当作"丑闻""恶行"写的。前者倒像是他保护了袁氏一家，其实袁氏战败，一切都成了曹家的战利品，曹丕就首先霸占了有夫之妇的甄氏；后者还像是他宽容了乃弟曹植，说"植，朕之同母弟，朕于天下，无所不容，而况植乎！骨肉之亲，舍而不诛"（《三国志·魏书·陈思王传》注引曹丕诏书），那只是表面文章。

就这两件事而论，可见曹丕这个人的占有欲是很强的，因占有狂而产生掠夺狂、杀害狂，就是他的妻子，他的胞弟，也都遭到他的迫害。

当曹丕做了皇帝以后，他另有新欢郭夫人，甄氏失宠，说是"赐死"，实际上她不是"自杀"，而是"他杀"。《三国志·魏书·后妃传》注引《汉晋春秋》：甄后的尸体是"被发覆面，以糠塞口"的。至于他对待胞弟曹植，虽未取命，但折磨得够了的，几年之中，几次徙封，给予老兵，不过百人；出外射猎，不许越出其采邑三十里；更不许与诸王侯相存问往来。我们读曹植的名篇《赠白马王彪》，就知道连兄弟同路归藩也受到禁止。

曹植之所以没有被杀，仅仅是由于他母亲卞太后的援救，跟曹丕摊了牌："汝既杀我任城（任城王曹彰），不当复杀我东阿（时曹植贬为东阿侯）！"才罢手的。而曹彰，却已被他在枣蒂中放了毒药，吃了枣，中毒死，又预先布置，使卞太后抢救不得。《三国志·文帝纪》只说"任城王彰薨于京师"，同书《任城王传》也说他"疾薨"，倒是注文引《魏氏春秋》云是"暴薨"，近乎史实。

这时已是黄初四年——即曹丕做皇帝的第四个年头了，他还如此猜忌他两个胞弟，其杀害狂到了什么程度，可以概见。《演义》写作曹丕初继王位时事，是小说家把它挪前了。又写曹熊自缢，亦然，按"萧怀王熊早毙"，《志》有明文。自杀的乃是曹彪，事在废帝曹芳嘉平元年，这与曹丕无关。至于他的占有狂，他母亲早已骂他"不如猪狗"，因为曹操一死，他就把曹操遗留下的年轻姬妾和铜雀台妓全部"接收"。

当曹丕未被立为魏王太子以前，可以跟他争夺这个座位的，除了上面那两位老弟外，还有一个异母弟曹冲。曹彰有战功，曹植有比曹丕更高的文名，且都是嫡出，除了长幼这一点差异外，都有资格当太子。曹冲早死，《武、文世王公传》记曹冲死时，曹操对着曹丕说："此我之不幸，而汝曹之幸也。"又引《魏略》："文帝常言，家兄孝廉（曹昂曾举孝廉），自其分也。若使仓舒（曹冲字仓舒）在，我亦不得天下。"那么，这时足以动摇他的王太子位，乃至王位和帝位的，只剩有彰、植二人。曹彰是武夫，比较单纯，容易对付。曹植是比曹冲更得曹操宠爱的，且树立党羽，如杨修、丁仪、丁廙，都是拥植的。曹操因为杨修是袁绍的外甥，又忌其才，把他杀了。杨修之死，当然与曹丕有关。曹丕这个人是很工心计的，曹植几次斗不过他。除了《演义》所写的外，还有一次，曹操授命曹植去解救曹仁为关羽所围，"以植为南中郎将行征虏将军，欲遣救仁，呼有所敕戒，植醉，不能受命，于是悔而罢之"（见《陈思王传》）。注引《魏氏春秋》，是曹丕灌醉他的。曹丕一承继王位就杀了二丁及其全家，他因占有狂而生的杀害狂，完全是从他的特权地位出发的。

他利用既得特权地位，手伸得很长。打听到太傅钟繇有块美玉玦，他就叫曹植托人转示意于钟繇，钟繇只好送他。他还说漂亮话："……猥以蒙鄙之姿，得睹希世之宝，不烦一介之使，不损连城之价，既有秦昭章台之观，而无蔺生诡夺之诳，嘉贶益腆，敢不钦承。"这是他做王太子时事。（见《曹丕与钟大理书》）

他刚登上皇帝的宝座，就向东吴要雀头香、大贝、明珠、象牙、犀角、玳瑁、孔雀、翡翠、斗鸭、长鸣鸡。东吴的群臣说："荆扬二州，贡有常典，魏所求珍玩之物，非礼也。宜勿与。"这回倒是孙权说漂亮话："……彼在谅闇之中（居丧期间），而所求若此，宁可与言礼哉！"要啥就给啥罢。（见《吴书·吴主传》注引《江表传》）

曹洪，算得魏之忠臣，曹家的猛将，曹操的救命恩人，又是曹丕的从叔。他"家富而性吝。文帝少时，假求不称，常恨之"　（据《魏书·曹洪传》）。假就是借钱，求就是向他要东西，不称就是不能满足对方。这位少年衙内曹丕，后来做了皇帝，就借故要杀他。"群臣并救，莫能得"，还是卞太后出面，对郭后说："……曹洪今日死，吾明日敕帝废后矣！"家婆通过儿媳去说情，这才救了曹洪，但是没收了他的财产。后虽发还，未必原封不动吧。

看来曹丕为人，很是记仇的。张绣投降了曹操，时过境迁，几次求见曹丕（那时他还是五官中郎将），丕怒曰："君杀吾兄，何忍持面见人耶！"（据《张绣传》注引《魏略》）逼得张绣畏祸自杀。

我不是反曹抑丕的，只是上面这些丑闻恶行，却替他掩盖不得。

蒲留仙笔下的《甄后》

甄氏是汉末魏初人，死于黄初二年（三世纪）；蒲翁是明末清初人，其《聊斋志异》成书于康熙之世（十七世纪），二者相距一千四百多年。小说家蒲留仙将甄氏与刘桢撮合，是怜刘呢？还是刺甄？都是，也都不是，而是反曹！

甄氏是甄逸的女儿，袁绍的儿媳，袁熙的新妇。曹操战胜袁氏，打进邺城（今河南安阳），占领冀州（今河北及山西一部分连同河南的黄河以北地区），甄氏成了曹操战利品之一，做了曹丕的老婆。事在汉建安七年（公元二〇二年），时曹丕十八岁，甄氏比他大五岁。

毛本《三国演义》第三十三回《曹丕乘乱纳甄氏》，这标题有贬义："纳"是私纳，非明媒正娶，"乘乱"何事不可为！《后汉书·孔融传》："曹操攻屠邺城，袁氏妇子，多见侵略，而操于丕私纳袁熙妻甄氏。"当时原是曹操想"纳"她，蓄此心久矣。《世说》："曹公之屠邺也，令疾召甄。左右曰：'五官中郎将（曹丕）已将去。'公曰：'今年破贼，正为奴（指甄）。'"言下大有不满其子手快之意。

原来曹氏父子都垂涎于这个"尤物"。李善注《昭明文选》又把曹植拉了进去，说曹植的《洛神赋》原叫《感甄赋》，是怀念甄氏而作的，又有曹丕把甄后遗枕给了曹植的故事。后来他的侄儿魏明帝曹叡（甄后之子）改名《洛神赋》。李义山诗"宓妃留枕魏王才"，千古传诵。其实曹植比甄氏小十一岁，曹操破邺时，曹丕纳甄氏，曹植不过十二三岁耳，纵使早熟，也不会从此就一直私恋着嫂嫂。蔡襄诗云"陈王也作惊鸿赋，未必当时见洛神"，最有见地。偶忆四十余年前与亡友孟超兄闲谈，孟超编造说"曹植当时不曾注意女人，他一头扎进袁氏藏书里去了"。此语极妙，可补《演义》之阙。

说也奇怪，他们曹家的男子，偏和甄家的女儿"有缘"。神童曹冲死了，曹操竟为他聘甄逸的另一个亡女（大概是甄后的妹妹吧）"冥婚"，举行"合葬"。（见《三国志·魏书·邓哀王冲传》）

　　闲话少说，言归甄后。我在前篇《再谈曹丕》中，曾指出她最后是被曹丕虐杀的。这个被污辱和损害的女人，当曹丕初得到她时，原是当宝（玩物）看待。有时在朋友面前显宝，《魏书·王粲传附刘桢》注引《典略》：丕"命夫人甄氏出拜，坐上众人咸伏，而桢独平视"。"平视"是面对面地盯着看，大家连仰视都不敢，他独平视，这犯了"大不恭"罪，"太祖闻之，乃收桢，减死，输作（减死罪，罚劳作）"。据《太平御览》，是罚他磨石。后来他答曹操问以石自喻，曹操就赦免了他。

　　蒲留仙的《甄后》，为刘桢抱不平，写刘桢千余年后投胎转世为洛城书生刘仲堪。

　　"一日，方读，忽闻异香满室；少间，佩声甚繁。惊顾之，有美人入，簪珥光采；从者皆宫妆。刘惊伏地下。美人扶之曰：'子何前倨而后恭也？'刘益惶恐，曰：'何处天仙，未曾拜识。前此几时有侮？'美人笑曰：'相别几何，遂尔懵懵！危坐磨砖者（应是磨石），非子耶？'乃展锦荐，设瑶浆，促坐对饮，与论古今事，博洽非常。刘茫茫不知所对。美人曰：'我止赴瑶池一回宴耳；子历几生，聪明顿尽矣！'遂命侍者，以汤沃水晶膏进之。刘受饮讫，顿觉心神澄沏。既而曛黑，从者尽去，息烛解襦，曲尽欢好。……刘依依苦诘姓字，答曰：'告郎不妨，恐益君疑耳。妾，甄氏；君，公干（刘桢字公干）后身。当日以妾故罹罪，心实不忍，今日之会，亦聊以报情痴也。'问：'魏文安在?'曰：'丕，不过贼父之庸子耳。妾偶从游嬉富贵者数载，过即不复置念。彼曩以阿瞒故，久滞幽冥，今未闻知。反是陈思（曹植）为帝典籍，时一见之。'旋见龙舆止于庭中，乃以玉脂合赠刘，作别登车，云推而去。"

后刘又因缘甄后，娶妻为铜雀台妓转世。有黄犬咋之，犬乃曹操所化也。

蒲留仙于篇末作"异史氏曰：'始于袁，终于曹，而后注意于公干，仙人不应若是。然平心而论，奸瞒之篡子，何必有贞妇哉？犬睹故妓，应大悟分香卖履之痴，固犹然妒之耶？呜呼，奸雄不暇自哀，而后人哀之已!'"

《聊斋志异》中又有篇《曹操冢》，言其墓葬虽在七十二疑冢之外，终不免千余年后为人"破棺散骨，所殉金宝尽取之"。如此云云，显然以反曹为快，幸灾乐祸。其实"身后是非"，真真假假，蒲翁姑妄言之，吾辈姑妄听之可耳。

"先帝虑汉贼不两立"质疑

传世的诸葛亮《后出师表》虽出于吴人张俨的默记，但自晋以来，没有人怀疑它。文章一开始就斩钉截铁地说："先帝虑汉贼不两立，王业不偏安，故托臣以讨贼也。"我们却怀疑那位先帝刘备到底有几分以"汉贼不两立"为虑。

使人怀疑的事实之一，据《三国志·蜀书·先主传》引《诸葛亮集》，刘备给刘禅的遗诏云："朕初疾但下痢耳，后转杂他病，殆不自济。人五十不称夭，年已六十有余，何所复恨，不复自伤，但以卿兄弟为念。射君（射援）到，说丞相叹卿智量，甚大增修，过于所望，审能如此，吾复何忧！勉之，勉之！勿以恶小而为之，勿以善小而不为。惟贤惟德，能服于人，汝父德薄，勿效之。可读《汉书》《礼记》，闲暇历观诸子及《六韬》《商君书》，益人意智。闻丞相为写

《申》《韩》《管子》《六韬》一通已毕，未送，道亡。可自更求闻达……"其中娓娓谈自己的病，勉励儿子为善、读书，……并无一语道及"汉贼不两立"、要"讨贼"的话。

使人怀疑之二，在这以前，刘备将称帝时，益州前部司马费诗上疏："殿下以曹操父子逼主篡位，故乃羁旅万里，纠合士众，将以讨贼。今大敌未克，而先自立，恐人心疑惑……况今殿下未出门庭，便欲自立耶！愚臣诚不为殿下取也。"结果费诗被贬官，而刘备即尊位。

刘备称帝后，即举兵伐吴，诸臣中反对的很多，赵云是最有代表性的。他说："国贼是曹操，非孙权也，且先灭魏，则吴自服。操身虽毙，子丕篡盗，当因众心，早图关中，居河、渭上流以讨凶逆，关中义士，必裹粮策马以迎王师……"（《蜀书·赵云传》注引《云别传》）这与诸葛亮的"隆中对"所说的"将军身率益州之众出于秦川，百姓孰敢不箪食壶浆以迎将军者乎"如同出一口，然而赵云的话不入刘备之耳，赵云且不见用于东征军中。

王船山《读通鉴论》卷十论刘备过去与"董承受衣带之诏，奉之起兵，乃分荆得益而忘之矣"。现在"曹操王魏，己亦王汉中矣；曹丕称帝，己亦帝矣。……费诗陈大义以谏而左迁矣；是岂誓不与贼俱生而力为高帝争血食者哉？承统以后，为人子孙，则亡吾国者，吾不共戴天之仇也……而先主无一矢之加于曹氏。即位三月，急举伐吴之师，孙权一骠骑将军扬州牧耳，未敢代汉以王；而急修关羽之怨，淫兵以逞，岂祖宗百世之仇，不敌一将之私忿乎？先主之志见矣，乘时以自王而已矣"。

最使人疑惑的是，《先主传》注引《魏书》："备闻曹公薨，遣掾韩冉奉书吊，并致赙赠之礼。文帝（曹丕）恶其因丧求好，敕荆州刺史斩冉，绝使命。"又引《典略》："备遣军谋掾韩冉赍书吊，并贡锦布。冉称疾住上庸，上庸致其书，适会受终，有诏报答，以引致之。备得报书，遂称制。"这两条材料有出入，一条是刘备"因丧求好"遭到曹丕的拒绝，并且斩了来使；一条是接受了"求好"，而且也有回报。两者皆出诸魏人，未必可信。但都说派了韩冉，有名有姓的。而又是在刘备伐吴之前。那时孙权可以称臣降魏，刘备就不想到与魏和好以孤立东吴吗？这倒不是争取曹丕的帮助，只要魏不助吴就行。刘备是枭雄，伐吴是"忿兵"，审情度势，很可能如此。当孙、刘关系紧张，这位先帝搞"吴蜀不两立"时，"至使英雄之血不流于许、洛，而徒流于猇亭"（王船山语）。杜甫诗云："江流石不转，遗恨失吞吴。"诗圣是很知道诸葛之心的。

　　然则"汉贼不两立"，只是诸葛亮的政治号召，"讨贼"，是他的政治抱负；恐都非先帝之本意，假托先帝罢了。

从马谡说到王平

　　爱看京戏的人都熟悉"失、空、斩"——《失街亭》、《空城计》，殿以《斩马谡》。其他剧种如川剧、汉剧、桂剧、秦腔、山西梆子……亦常演之。这三出戏，乃元、明杂剧中所无，大概是清代才有的，事本演义。在正史中，"失街亭"是实；"空城计"则似有实无，马谡是斩了还是下狱？陈寿的《三国志》中两处记载却是两相矛盾。还有说是逃亡了。

　　《三国志·蜀书》没有给马谡立传，仅在《马良传》后附载谡事："良弟谡，字幼常，以荆州从事随先主入蜀，除绵竹成都令、越嶲太守。才器过人，好论军计，丞相诸葛亮深加器异。"马良是跟刘备征吴没于军中的，马谡算是"烈属"。"先主临终谓亮曰：'马谡言过其实，不可大用，君其察之！'亮犹谓不然，以谡为参军，每引见谈论，自昼达夜。"

原来，马谡兄弟五人，他排行第五，是蜀汉的高级知识分子。这位马五爷似乎是个战略家，爱夸夸其谈，偏偏为诸葛所重视。马谡既是"烈属"，又是"智囊"，否则诸葛亮以丞相之尊、政务之繁，不会陪他谈论通宵。刘备临终时特别告诫云云，诸葛亮是听不进去的。不仅不听，当他南征七擒孟获又七纵之，更是用马谡本谋："攻心为上"，使南人心服，"不敢复反"。可见马谡确是有一套策略的，并且会挑诸葛亮爱听的话讲。

但马谡是参谋人材，是理论家，不是指挥员料子，也从来没有带过兵。诸葛亮初次北伐，"时有宿将魏延、吴懿等，论者皆言以为宜令为先锋，而亮违众拔谡，统大众在前，与魏将张郃战于街亭，为郃所破，士卒离散。亮进无所据，退军还汉中。谡下狱物故，亮为之流涕。"（见《马良传》）

《诸葛亮传》所载略同，惟马谡死事稍异。"魏明帝西镇长安，命张郃拒亮，亮使马谡督诸军在前，与郃战于街亭。谡违亮节度，举动失宜，大为郃所破。亮拔西县千余家，还于汉中，戮谡以谢众。"

不管是下狱还是杀头，总之马谡是死了。

他该死！因为他这一败仗，影响了全局，断送了许多人。比如一个医生，没有临床经验，一个处方，完全误诊，造成巨大的医疗事故。不过医疗误诊，受害者是个别人，兵家把仗打错了，会死百、千、万人。医家与兵家有一个共同点，就是：要对方来为他做结论的。

诸葛亮哭了，他该哭。一惜马谡，二悼将士，三痛恨自己，四追思先帝：这四者是诸葛亮的泪源。

有人问：街亭之战，诸葛亮何以不用王平为正？我试回答，这也有四条：一、王平是个大老粗；二、他是魏的降将，不是刘备的嫡系；三、其在蜀汉军中的地位较高，而亲信不及；四、诸葛亮正要启用新人。因此，就委曲他做马谡的助手。但事实证明，王平比马谡强得多。据《蜀书·王平传》："王平字子均，巴西宕渠人也。……从曹公征汉中，因降先主，拜牙门将、裨将军。建兴六年，属参军马谡先锋。谡舍水上山，举措烦扰，平连规谏谡，谡不能用，大败于街亭。 众尽星散；惟平所领千人，鸣鼓自持，魏将张郃疑其伏兵，不往逼也。于是平徐徐收合诸营遗迸，率将士而还。丞相亮既斩马谡及将军张休、李盛，夺将军黄袭等兵，平特见崇显，加拜参军，统五部兼当营事，进位讨寇将军，封亭侯。九年，亮围祁山，平别守南围。魏大将军司马宣王攻亮，张郃攻平，平坚守不动，郃不能克。十二年，亮卒于武功，军退还，魏延作乱，一战而败，平之功也。……"然而，这位行伍出身，有丰富实战经验的将军，却是"平生长戎旅，手不能书，其所识不过十字"，等于文盲。但他的军事经历知识在马谡之上，是第一流专门军事人才，奈何诸葛亮不用，结果铸成大错！除自贬三级及处死马谡外，还杀了张休、李盛两将军，不让黄袭等带兵，连累赵云也降了一级。

试以围棋作比：当时诸葛亮大军出阳平关，兵分两路，一是以马谡当正面，王平助之，以对张郃，街亭是一个"眼"；一是以赵云设疑兵，邓芝为副，以牵制曹真，箕谷又是一个"眼"。这局棋还不曾进入中盘，两眼俱被扑死，边角尽失，只好认输。于是退回汉中。

尽管陈寿把《诸葛亮传》写得好，但最后作评语："应变将略，非其所长。"本来金无足赤，人无完人。他不徇私，不枉法，勇于自我检讨，承担了主要的责任，此诸葛之所以为亮也。

再说"空城计"事，仅有晋人郭冲言之，不足为据。时司马懿尚为荆豫二州都督，镇守宛城，相距千里，怎能来到西城？一直到曹真死后，他始与诸葛亮相对抗。郭冲说《三事》，裴松之已驳之。只是小说编写得好，戏演得好罢了。

司马懿装病

　　建安十三年（公元二〇八年）似乎是曹操"三生有幸"之年，他做了丞相，三方面的三个人才他都会遇了：司马懿、周瑜、诸葛亮。前一个当了他丞相府的"文学掾"，作为他的属吏，也是他的智囊。后两位是在战场上给他表演了战争艺术，他深受教益。这年，曹操五十四岁，是老作家、兵家、政治家。司马懿三十岁，周瑜三十四岁，诸葛亮二十八岁，都还是青年。

　　但又可说是曹操最不幸的一年，赤壁（准确地说应是乌林）之役，他狼狈败退，放弃了荆州，又送掉许多人的性命。令人毛骨悚然的是：这位被他强迫出来做官的司马懿，在四十四年后，开始剪除曹氏的羽翼，司马子孙杀戮曹氏子孙，终于代曹氏而有天下。

　　司马懿是河内（今河南）温县人，家庭为中原高级士族。东汉末世门第观念还很重，高级士族是看不起"阉宦"后裔曹操的（曹操本是夏侯氏之子，过继给曹家，其祖父曹腾是桓帝时的太监），虽说曹氏是汉初相国曹参之后，但那已隔了四百年了。

曹操想争取高门世族在政治上与他合作，不惜用种种手段来罗致人物。偏偏司马懿不买他的账："帝（懿）知汉运方微，不欲屈节曹氏。辞以风痹，不能起居。魏武使人夜往密刺之，帝坚卧不动。"这是早在建安六年事，装风瘫装到这一步，总算蒙混过了。

但总有露马脚的时候。有一天，司马懿叫人曝书，忽天将雨，一时旁边无人，他怕淋坏了书，急忙起身收拾这些竹帛，大概司马懿是很爱书的。事后他的夫人对他说：你今天所为给某婢看到了，幸好只她一个，别人不知。我已将她秘密处死了。

但司马懿究竟抗不过曹操。曹操做了丞相又叫人去找他，并有令：他如果再盘桓不来，就捕杀之。这样，司马懿终于敬酒不吃吃罚酒，做了曹操的谋士。

曹操是听了崔琰称誉司马懿的话："聪亮明允，刚断英特"，才用司马懿的。崔琰的评语，实不如后来唐太宗李世民的论断：司马懿是个"雄略内断，英猷外决"、"情深阻而莫测"、"饰忠于诈"的人。《晋书·宣帝纪》也说他"内忌外宽"、"多权变"，由他青年时装病就可以看出。

曹操与他相处后，也察觉他"有雄豪志"；又闻他"有狼顾相"，"欲验之，乃召使前行，令反顾，面正向后而身不动。又尝梦三马同食一槽，甚恶焉。因谓太子丕曰：司马懿非人臣也，必预汝家事！……"但是你会防，他更会装，装善、装忠、装勤，装得跟曹丕好得不得了，"于是魏武之意遂安"。

司马懿是持久装，一直装到曹丕死，又装到曹叡死，还最后一次装病搞首都军事政变，那就是《三国志通俗演义》中的《司马懿谋杀曹爽》和《司马懿父子秉政》、《三国演义》上的《司马懿诈病赚曹爽》。看官看《演义》，你看他装得多像真病啊！又是风瘫，听觉失聪，动作失灵，牵衣衣落，食粥流到胸，说话颠三倒四，总之，完全是"尸居余气，形神已离"了。但几天后，他一夜之间，就"力疾将兵，诣洛水浮桥，伺察非常"！"诛曹爽之际，支党皆夷及三族，男女无少长，姑姊妹女子之适人者，皆杀之。既而竟迁魏鼎云。"

《演义》着重写后来司马懿装病消灭了曹氏的事，却轻易地放弃了前段装病拒绝曹氏的好材料、好情节，不能不说是罗贯中之失。

托孤比较篇

托孤的事，吴、蜀、魏皆有之。

汉建安五年（公元二〇〇年），孙策遇刺受重伤，医治无效，临终以二弟孙权托付张昭，对张昭说："若仲谋不任事者，君便自取之。"（语见《三国志·吴书·张昭传》注引《吴历》）

蜀汉章武三年（公元二二三年），刘备征吴兵败后，病笃，以长子刘禅托付诸葛亮，他与孙策当年无独有偶，说了同样的话："若嗣子可辅，辅之；如其不才，君可自取。"（语见《三国志·蜀书·诸葛亮传》）

"托孤"的"孤"，厥有二义：一、幼小之谓；二、无父之谓。孙权继孙策，弟承兄业，时年十八；刘禅继刘备，子承父业，时年十七。两人岁数，皆未及冠，就做众人"主子"，父兄是不放心的。因为放不下心才托孤。所托付的人，当然是关系密切，而又资望才具俱高的人。像张昭在吴，足以当之；诸葛亮在蜀，更是没有第二人。孙策、刘备对张、诸葛都是早已遴选好了的。然而，英雄之主如孙策、刘备，对其最信任的人也就是最疑忌的人，故托付之时，把话当面说透——透底！再没有可以保留的言语了。

这样透底的话，可谓"智者不失人，亦不失言"。说话的主观意图究竟怎样？在下不敢代孙、刘回答，客观效果是人人看得到的：由于张昭尊孙权，"然后众心知有所归"；刘禅表示"政由葛氏，祭则寡人"，诸葛亮乃"鞠躬尽瘁，死而后已"。终孙权、刘禅之世，虽然一个是霸主，一个是庸君，两不相同；但相同的是未闻张昭、诸葛亮有任何异想、异动。话说到透底了，可以保证几十年的安定不移——孙策死后，孙权掌握东吴政权五十三年；刘备死后，刘禅做了四十二年的蜀汉皇帝。

而曹魏的托孤则不然。

曹丕死于黄初七年（公元二二六年），病笃时"召中军大将军曹真、镇军大将军陈群、征东大将军曹休、抚军大将军司马宣王（司马懿），并受遗诏辅嗣主"（《魏书·文帝纪》）。

嗣主是曹叡，曹丕的儿子，时年廿二，不算小了。一登基就得到群下的爱戴，刘晔誉之为"秦始皇、汉孝武之俦，才具微不及耳"（《魏书·明帝纪》注引《世语》）。顾命大臣四人中两位是宗室（曹真、曹休），一个是元老重臣（陈群），司马懿是野心家，但不敢有任何动作，只是养望以待异日。等到曹叡做了十四年皇帝，又托孤时（景初三年，公元二三九年），司马懿在魏国的地位和威望已是很高了（时已为太尉），曹叡把八岁的曹芳托付于他和大将军曹爽（曹真的儿子）。话说得很哀："吾疾甚，以后事属君，君其与爽辅少子。吾得见君，无所恨！"（《魏书·明帝纪》）又注引《魏氏春秋》，曹叡对司马懿说："死乃复可忍，朕忍死待君，君其与爽辅此（子）。"没有孙策、刘备那种爽利透底的话，而是一味求人哀怜的嘱托，有十分信，无半分疑，这样倒断送了曹氏政权，且遗祸患于后三世：曹爽及曹氏连同夏侯家族被司马懿剪除了；曹芳被司马师废掉了；另立的新君曹髦，又被司马昭杀了；最后一个皇帝曹奂，司马炎干脆要他禅位。于是魏亡，天下是司马氏的。

窃以为曹操不该逼司马懿出仕，加以他的子孙魏文帝不武，魏明帝不明，所托非其人，所言止半截，失人又失言，遂使司马氏得逞。统计由曹丕黄初元年（公元二二〇年）起，至曹奂咸熙二年（公元二六四年）止，魏国历五帝，不过四十四年耳。仅比刘禅多二年，还不及孙权的统治长久呢。

吴蜀相互讥嘲

夷陵战后，刘备惨败，退缩峡中，驻白帝城。"孙权闻先主住白帝，甚惧，遣使请和。先主许之。"（《蜀书·先主传》）

刘备利用孙权的恐惧心理，写信给陆逊："贼今已在江陵，吾将复东，将军谓其能然否?"贼指魏兵，那时魏军大出，刘备抓住这个契机，表示还有力量可以跟曹魏较量，目的是恫吓孙权。陆逊看穿了他这步棋，答云：你刚被我打败，创痍未复。我们两家应该和好，你的部队也需补充。"若不推算，复以倾覆之余，远送以来者，无所逃命。"（《吴书·陆逊传》注引《吴录》）

于是，"孙权使太中大夫郑泉聘刘备于白帝，始复通也"（《吴书·吴主传》）。蜀汉回聘的也是一位太中大夫——宗玮，这是章武二年（公元二二二年）事。

从此孙、刘恢复了正常关系，到了建兴七年（公元二二九年），诸葛亮与孙权更缔结了"汉吴联盟"，预分了曹魏的土地，分布盟书，昭告天下，两国往来就更密切了。吴蜀之重要往来，计有：刘备之丧，东吴派冯熙入蜀吊唁；孙权称帝，诸葛亮派陈震到武昌（今湖北鄂城）庆贺，并主歃盟，签订盟书；诸葛亮在五丈原病逝，孙权派是仪到成都吊唁，并重申加强盟好。

这样频数往来，互相依赖支持，一直到蜀汉的灭亡（公元二六四年）。在漫长的四十多年中，吴国西线无战事；蜀汉东境又安；人民不受兵革之扰，长江流域，得以恢复、发展生产，自然是好事。但两国官员往来，未尝不斗口舌，逞机锋，相互讥嘲，他们神经不衰弱，也不回避听来似乎不利于团结的话，只要不发生弊端，说过就算了。在尽想占上风，尽量逞辩才中，给我们留下语言的文采。这不是他们吃饱了撑的，而是在外交场面上显示起码的才能。如《演义》里写了邓芝说服孙权，秦宓难倒张温，便是很动人的一面。①

且说继宗玮之后，费祎出使东吴，吴主孙权设宴款待，预令群臣：费祎到来，只管先食，置之不理。

费祎见这场面，只有孙权迎他，于是嘲曰：

"凤凰来翔，麒麟吐哺，驴骡无知，伏食如故。"

座中诸葛恪就反讥：

"爰植梧桐，以待凤凰。有何燕雀，自称来翔。何不弹射，使还故乡。"（见《吴书·诸葛恪传》注引《恪别传》）

又一次，张奉使吴，吴臣薛综即席拆字劝酒，拆蜀字云：

"有犬为獨，无犬为蜀。横目勾身，虫入其腹。"

拆吴字云：

"无口为天，有口为吴。君临万邦，天子之者。"（《吴书·薛综传》）②

益州太守张裔，因蜀汉南中叛乱，叛将将他送往东吴，他在吴数年，孙权不知。到了诸葛亮派邓芝使吴，才请孙权遣送张裔还蜀。孙权与张裔见面，就开玩笑对张裔说：

"蜀卓氏寡女，亡奔司马相如，贵土风俗，何以乃尔乎？"

"愚以为卓氏之寡女，犹贤于买臣之妻。"这是张裔的回答，反扑得孙权顾左右而言他（见《蜀书·张裔传》）。孙权以卓文君奔司马相如事嘲蜀；张裔便以朱买臣妻（会稽人）不贤讥吴。针尖对麦芒，毫不相让。

　　除了上面所述，东吴使蜀的还有严畯、薛综、王蕃……蜀汉使吴的有宗预、樊建、李密……如果能广事稽勾，发掘，大可以写一篇吴蜀交往史的专题文章，一定有许多秘闻实录可观。

注释：

　　①《三国志通俗演义》卷十八之一：《难张温秦宓论天》。《三国演义》第六十八回：《难张温秦宓逞天辩》。

　　② 又见《江表传》，谓是诸葛恪对费祎说的，文字稍有出入。

由魏延说到子午谷

蜀汉大将，关、张、马、黄、赵以下，要数魏延。魏延在《演义》中的首次出现，小说家原是把他作正面人物写的：

那时曹操大兵南下，刘备向襄阳退却，跟着的士民甚多，刘琮闭门不纳。"蔡瑁、张允得知刘备唤门，径来敌楼上叱之，曰：'左右与我乱箭射之！'城外百姓皆望敌楼而哭。忽后城中一将愤然跳起，引数百人径上城楼，来杀蔡瑁、张允。此人是谁？——身长九尺，面如重枣，目似朗星，如关云长模样，武艺独魁，江表义阳（今河南信阳）人也，姓魏名延字文长……"此据《三国志通俗演义》卷九之一《刘玄德败走江陵》。《三国演义》第四十一回《刘玄德携民渡江》基本相同，惟将"如关云长模样，武艺独魁"字句删去，不使魏延突出，面貌也不许他像关羽。

这之后，魏延在长沙杀了韩玄，投归刘备。诸葛亮会"看相"，说魏延脑后有"反骨"，知其久后必反。因其勇而用之，是不信任他的。火烧葫芦谷时想把他同敌人司马懿一道烧死。诸葛亮死后遗计马岱杀掉他。总之，在《演义》中，魏延被逐步写成反面人物。

征诸正史，《三国志·蜀书十》把刘封、彭羕、廖立、李严、刘琰、魏延、杨仪编在一卷，这七人都是废弃不用、被杀或自杀的，可以看出《三国志》作者陈寿原是这样看法。《赞魏文长》云："文长刚粗，临难受命。折冲外御，镇保国境。不协不和，忘节言乱。疾终惜始，实惟厥性。"前四句是肯定他的；后四句有贬词，说他作"乱"，说他无"终"。《演义》大概是照着这个口径写的。

《蜀书·魏延传》："先主为汉中王，还治成都。当得重将，以镇汉川。众论以为必在张飞，飞亦心自许。先主乃拔延为督汉中镇远将军，领汉中太守。一军尽惊。"刘备特别提拔他，重用他，似与诸葛亮异趣。二人选择将才不同，诸葛亮不喜欢魏延；刘备则谓马谡"言过其实，不可重用"。看来刘备比诸葛亮更多知人之明，因为魏延"临难受命"，确能"镇国保境"。当刘备问魏延："今委卿以重任，卿居之，欲云何？"魏延答："若曹操举天下而来，请为大王拒之；偏将十万之众至，请为大王吞之。"壮哉此言，壮哉魏延！他始终守住了汉中。诸葛亮从汉中北伐，他每作前驱。如果第一次出祁山，不是用马谡，而是用魏延，也许没有街亭之失。

本传："延每随亮出，辄欲请兵万人，与亮异道，会于潼关，如韩信故事。亮制而不许。延常谓亮为怯，叹恨己才用之不尽。"

本传引《魏略》："夏侯楙为安西将军，镇长安。亮于南郑与群下计议，延曰：'闻夏侯楙少，主婿也（曹操长女清河公主的丈夫），怯而无谋，今假延精兵五千，直从褒中出，循秦岭而东，当子午谷而北，不过十日可到长安。楙闻延奄至，必乘船逃走。……而公从斜谷来，必足以达。如此，则咸阳以西可定矣。'"诸葛公召开军事会议，他别有打算，不采纳魏延之议。

王船山云："魏延请从子午谷直捣长安，正兵也；诸葛亮绕山而西出祁山，趋秦陇，奇兵也。"（《读通鉴论》卷十）为什么诸葛公舍正用奇？

按诸葛亮"隆中对"，"将荆州之兵，以向宛、洛”，才是正兵；“率益州之众，出于秦川”则是奇兵。王船山认为，“以形势言，出宛、洛者正兵也；出秦川者奇兵也。”（同上卷九）那仅是就“隆中对”预期的形势言。现在荆州已失，“出宛、洛”一路已绝，只有“出秦川”一路了。环境变了，攻守战略也因之而变。出秦川则子午谷为奇中之正，出祁山为奇中之奇。奇中之奇是“舍正道而弗由”，明是出兵北伐，实是避开正面决战，把魏大军吸引向西，是“以攻为守”的战略部署。后来姜伯约又继之，亦步亦趋，成为长期国策。还是王船山说得好：“是以知祁山之师，非公（诸葛）初意。主（刘禅）闇而敌强，改图以为保蜀之计耳！公盖有不得已焉者，特未可一一与魏延辈语也。”然则魏延虽勇于北伐诸役，实被蒙在鼓里，他怎能不因献计不用而耿耿于怀！

后之论者，或谓“诸葛一生惟谨慎”，不行险侥幸；或以为魏延好大喜功，倘一战取长安，当不可制，所以诸葛亮忌之靳之；或又遐想你可以由子午谷北进，敌也可自此南下，君不见魏太和四年（公元二三○年）“诏大司马曹真、大将军司马懿伐蜀”，曹真就是准备从子午谷进军吗？（见《魏书·明帝纪》）幸是大雨连绵，曹真奉命退了兵。又不见魏景元四年（公元二六三年）魏军数道伐蜀，钟会所辖"魏兴太守刘钦，趋子午谷"，"会统十余万众，分从斜谷、骆谷入"。（《魏书·钟会传》）诸葛亮顾忌到我若先走子午谷，不是启敌以途吗？其奈魏延不服何！其实敌不会由魏延启，路也非诸葛亮所能封闭。

后来邓艾"自阴平道行无人之地七百余里，凿山通道，造作桥阁，将士皆攀木缘崖，鱼贯而进"（《魏书·邓艾传》）。竟获成功，蜀汉以亡。比魏延之拟入子午谷行险侥幸更是倍之。那时诸葛亮、魏延已死去三十年。至于魏延死前"造反"，那实是一宗冤案，当另文为他平反。

苏东坡诗云："北客初来试新险，蜀人从此送残山。"在下西望陕南川北，相距千余里，遥想往事，相去千余年；而此文仅二千言，只是隔靴抓痒吧！

杨仪、魏延的冲突

　　襄阳人物，在三国时期多知名之士，阔气的蔡家：蔡讽、蔡瑁父子；高名的庞德公、庞统叔侄；"马氏五常"中的马良、马谡兄弟；向氏叔侄向朗、向宠；董恢；廖化；杨仪；诸葛亮的岳父黄承彦……诸葛亮虽是山东琅琊人，但他的少、青年时期是在襄阳度过的。

　　很难说诸葛亮对襄阳没有感情，对襄阳人士无多了解和无所偏爱吧。

　　你看他未出山时庞德公、黄承彦对他是怎样游扬！后来他在《出师表》中对向宠是怎样称誉，在军中又是怎样重用马谡和杨仪！

　　当诸葛亮初次北伐，错用马谡，提拔信任，遂有街亭之失，打了败仗，退回汉中，自贬三级。这是人尽皆知的。至于马谡逃亡，连累了向朗——他"知情不举"，被免了官（见《三国志·蜀书·向朗传》）。因系孤证，我没有写入关于马谡的文中。

诸葛亮最后一次北伐，积劳身死五丈原军中。他晚年信用杨仪，临死前委以重任，导致了杨仪和魏延之间的矛盾爆发。《演义》、演戏，都演魏延造反；谚有"魏延反，马岱斩"之谣，也是由于小说家言，诸葛亮预派马岱于魏延部下，授以密计杀掉他的。

关于杨仪的来历，《演义》没有写。据《三国志·蜀书·杨仪传》：他原是魏荆州刺史傅群的主簿（约同于秘书）。当时魏只有荆州北部一小部，关羽攻拔襄阳，他背叛了傅群，投诚关羽。"羽命为功曹，遣奉使西诣先主。先主与语，论军国计策，政治得失，大悦之。因辟为左将军兵曹掾。及先主为汉中王，拔仪为尚书。先主称尊号，东征吴。仪与尚书令刘巴不睦，左迁，遥署弘农太守。"

看官知道，汉制尚书是文职，分四曹，主管各曹的是尚书令。杨仪背魏投刘，得到提升，到职未久，他就跟主管官闹别扭，大概他看不起刘巴这个"土包子"。他不知刘巴是零陵高士，刘璋的旧人，刘备的重臣，因此他被降了级（左迁），有官无位（遥署）。弘农郡属司州（今河南西部，离魏都洛阳不远），非蜀汉所辖地，太守是个虚名而已。

到了刘禅继位，诸葛亮又起用杨仪。"建兴三年，丞相亮以为参军，……五年，随亮汉中，八年迁长史，加绥军将军。"他做了诸葛亮的幕僚长，"亮数出军，仪常规划分部，筹度粮谷，不稽思虑，斯须便了"。他办事周到而快速，为诸葛亮所倚重。"亮深惜仪之才干，凭魏延之骁勇，常恨二人之不平（不和），不忍有所偏废也。"据同书《魏延传》："延既善养士卒，勇猛过人，又性矜高，当时皆避下之。唯杨仪不假借延，延以为至忿，有如水火。"又《费祎传》："魏延与长史杨仪相憎恶，每至并坐争论，延或举刀拟仪。……"诸葛亮终无调停之方，消除二人的怨毒——也许有意搞平衡？"终亮之世，各尽延、仪之用者，祎匡救之力也。"

诸葛亮大概是急性病死去的。他在建兴十二年（公元二三四年）自春及秋，与司马懿相持，用木牛流马运粮，部队屯田，与民相处甚安，欲作长久之计。没有任何死后的安排，军中之事，是匆匆"密与长史杨仪、司马费祎、护军姜维等作身殁之后退军节度：令延断后；姜维次之。若延或不从命，军便自发"。（这样部署，很可能是杨仪与费祎、姜维背着魏延协商决定的，假传丞相遗命。）这样一来，魏延便火了！在"秘不发丧"中，杨仪叫费祎去试探魏延意旨，魏延说了两点：一、"丞相虽亡，吾自现在；府亲官属，便可将丧还葬；吾自当率诸军击贼！云何以一人死，废天下之事耶？"二、"且魏延何人，当为杨仪所部勒，作断后将乎！"前者说得冠冕堂皇，却不这样做。后者不但干脆拒绝断后的任务，而且率领他的部队，抢走退军的最前头，相反地，准备阻击杨仪的大队伍。本传说他"所过烧绝阁道"（即栈道），《演义》也是这样写的。又他们向朝廷"各相表叛逆，一日之中，羽檄交至"。《演义》还编造了双方的表章。关于烧了栈道，仓促之间，我想纵毁也不多。过去原是赵云烧的，见诸葛亮与兄诸葛瑾书："前赵子龙退军，烧坏赤崖以北阁道缘谷百余里……"大概退则烧毁，以绝追兵，进军则又修复。令人想见"蜀道难"。至于成都朝中的留府长史蒋琬，侍中董允诸人，对诸葛亮是萧规曹随的，他们都"保仪，疑延"。甚至"蒋琬率宿卫诸营赴难北行"，为防魏延异动。这点《演义》没有写。

这时魏延孤军处境险恶，前有蒋琬的宿卫军，后有杨仪等的全师。杨仪虽全师而退也处境险恶，魏延一军阻其归路，司马懿很可能知道诸葛亮的死讯，魏国大军将沿斜谷向南压下来！

杨仪、魏延的冲突将以怎样的悲剧收场？《演义》已告诉了看官。惟小说家言，究非定论。在下不敏，却要另话一番哩。

魏延的冤案

当诸葛亮在日，尝命费祎出使东吴，董恢为副。一次，孙权乘醉对费祎说："杨仪、魏延，牧竖小人也。虽有鸣吠之益于时务，然既已任之，势不得轻。若一朝无诸葛亮，必为祸乱矣！诸君愦愦，曾不知防虑于此！岂所谓贻厥孙谋乎？"董恢为费祎设辞，祎答权云："仪、延之不协，起于私忿耳，而无黥（布）韩（信）难御之心也。……"下面接着说了一番方今用人之际，不可因风涛而废舟楫的空话。对于孙权提出的"一朝无诸葛亮"，诸君怎样防止"祸乱"？没有作正面回答。虽然终诸葛亮之世，费祎是调停杨、魏之争的和事佬，但矛盾总是存在，问题总是拖着。诸葛亮一死，他们的冲突便表面化了。

《三国志·蜀书·魏延传》注引《魏略》："诸葛亮病，谓延等云：'我之死后，但谨自守，慎勿复来也。'命延摄行己事，密持丧去。延遂匿之。行至褒口，乃发丧。亮长史杨仪宿与延不和，见延摄行军事，惧为害，乃张言延欲举众北附，遂率其众攻延。延本无此心，不战，军走。追而杀之。"裴松之以为"此敌国传闻之言，不得与本传争审"。

这跟魏延本传不同，算是另"一面之辞"。

但本传那"一面之辞"，也没有肯定魏延反叛，只说诸葛亮病笃时"密与长史杨仪、司马费祎、护军姜维等作身殁之后退军节度：令延断后，姜维次之。若延或不从命，军便自发"。这显然是估计到魏延不会服从杨仪之命，因而也没有叫魏延来参加这个"榻前会议"。也很可能是杨仪等假传"丞相遗命"。

果然，魏延不甘为杨仪所部勒，作断后将，而且赶在撤退的前面，烧断栈道，绝杨仪的归路。断后的一仗，是姜维指挥的。杨仪虽是幕僚长，终是文官，作战还是要听从姜维。这时司马懿闻诸葛亮死，蜀汉兵退，便整军来追。"姜维令仪，反旗鸣鼓，若将向宣王（司马懿）者，宣王乃退。……宣王之退也，百姓为之谚曰：'死诸葛走生仲达！'"（见《诸葛亮传》注引《汉晋春秋》）。

司马懿（仲达）本来就"畏蜀如虎"。现在又不确知诸葛亮死的虚实，仅据老百姓相告。忽遇敌方堂堂旗鼓，便缩回去了。并不如《演义》写的蜀军推出四轮车来，车上坐着一个木雕的孔明。演义有实有虚，虚构过火，直是儿戏了！

姜维断后，已无问题，问题在怎样解决前面阻路的魏延？据《王平传》："亮卒于武功，军退还，魏延作乱，一战而败，平之功也。"这里也只说"魏延作乱"，不云造反。（王平就是何平，母姓何，他养于外家，后来复姓何。《演义》没有交代。）

综观其本传及有关人物传中关键性的文字，均未言魏延反汉投敌。他不乘断后之机北去，却是抢先南行，一也。被王平打败，他更向南奔汉中，二也。尤其先是扬言要继诸葛亮之业，不废北伐，又令少数人扶丧回去。要和费祎联名，宣布北伐部署，虽然为费祎所卖。试问蜀汉军中，除了姜维，谁还有如此气概，如此胆识？

当马岱把魏延的头向杨仪缴纳，"仪起自踏之，曰：'庸奴！复能作恶不？'遂夷延三族"。后之论者，郝经以为杨仪"以私忿杀大将，罪浮于延"。刘家立谓魏延"其功不可没，夷其三族，亦太甚矣"。（均见《三国志集解》）金圣叹批《水浒》，有"怨毒之于人甚矣哉”之语，这里不妨借用于杨仪之对魏延。杀人不过头点地，还要踏上一脚，叫他永世不得翻身，再加上灭其三族！魏延是大将，有大功，无大罪，遭大祸，蒙大诬。本传也说“原延意不北降魏而南还者，但欲除杀仪等。平日诸将素不同。冀时论必当以代亮。本指如此，不便背叛”。这是陈寿作的结论。

想背叛和悔不早背叛的倒是杨仪！杨仪“得胜”回朝，不可一世，自以为功高劳大，当代诸葛亮秉政。未料这一位置竟归蒋琬。《杨仪传》云：“初，仪为先主尚书，琬为尚书郎（居尚书之下），后虽俱为丞相参军长史，仪每从行，当其劳剧。自惟年宦先琬，才能逾之，于是怨形于色，叹咤之声，发于五内。时人畏其言语不节，莫敢从也。”费祎去慰问他，他对费祎说：“往者丞相亡殁之际，吾若举军以就魏氏，处世宁当落拓如此耶？令人追悔，不可复及！”这是他自己的“坦白”！费祎如实表奏，朝廷遂“废仪为民，徙汉嘉郡”。总算是“坦白从宽”，没有杀他。但“仪至徙所，复上书诽谤，辞指激切。遂下郡收仪，仪自杀”。

蒋琬、费祎诸人，先纵容杨仪去除掉跋扈难制的魏延，然后不费力地拔去杨仪这颗钉子。此番由于诸葛亮之死而有魏延、杨仪之死，蜀汉的元气大伤。杨仪该死，死有余辜！惟魏延的冤、假、错案，那是演义变本加厉制造的，群众多听之信之。而魏延死后，便"蜀中无大将，廖化作先锋"了。

姜维"九伐中原"前后

旧戏《天水关》，又名《收姜维》，是姜伯约初显身手和投降诸葛亮的一幕，时在蜀汉建兴六年（公元二二八年），姜维方二十七岁，恰与诸葛亮初出茅庐之年一样。诸葛亮很赏识这位青年军官，用他为仓曹掾，加奉义将军，封当阳亭侯。写信给长史张裔、参军蒋琬，特别介绍："姜伯约忠勤时事，思虑精密，考其所有，永南（李邵）季常（马良）诸人不如也。其人凉州上士也。"又说："姜伯约甚敏于军事，既有胆义，深解兵意。此人心存汉室，而才兼于人，毕教军事，当遣诣宫，觐见主上。"（《三国志·蜀书·姜维传》）

到了暮年，钟会对杜预称赞他："以伯约比中土名士，公休（诸葛诞）太初（夏侯玄）不能胜也。"（同上）

姜维死后，晋人左思作《三都赋》，其《蜀都赋》中有云："非葛非姜，畴能是恤？"把他升到与诸葛亮并提的地位。

姜维不是政治家，只是军事家。他平生事业，是继承诸葛亮六出祁山（实只五出）未竟之志，九伐中原——也只八伐。八伐是胜少败多。若从后主延熙十年（公元二四七年）算起，勉强可称九伐。

延熙十年，"是岁，汶山平康夷反，维率众讨定之。又出陇西南安、金城界，与魏将郭淮、夏侯霸等战于洮西。胡王治无戴等举部落降。"原是讨叛，在讨叛中与魏军遭遇。

下面节录《蜀书·后主传》，排比八次北伐。

延熙十二年，"春，夏侯霸来降。秋，卫将军姜维出攻雍州，不克而还"。

十三年，"姜维复出西平，不克而还"。

十六年，"夏四月，姜维复率众围南安，不克而还"。

十七年，"夏六月，姜维率众出陇西。冬，拔狄道、河间、临洮三县民，居于绵竹繁县"。

十八年，"夏，复率诸军出狄道，与魏雍州刺史王经战于洮西，大破之，经退保狄道城，维却驻钟题"。

十九年，"春，进姜维位为大将军，督戎马，与征西将军胡济期会上邽，济矢誓不至。秋八月，维为魏大将军邓艾所破于上邽"。

二十年，"姜维复率众出骆谷，至芒水"。

景耀五年（公元二六二年），"姜维复率众出侯和，为邓艾所破，还住沓中"。

住沓中（今甘肃临潭县西接连青海东南角）是防敌（邓艾进攻）和避迫害（宦官黄皓当权），这时姜维已是六十岁的老人了。

炎兴元年（公元二六三年），钟会、邓艾、诸葛绪三路伐蜀，姜维只能移军死守剑阁，挡住钟会；料不到邓艾偷渡阴平（今甘肃文县西北，由文县经四川平武左担山为古之阴平道），下江油，破绵竹，进逼成都，迫使刘禅出降。刘禅又诏使姜维投降，于是姜维便在剑阁以全军向钟会树起白旗，诈降。

后人有个王崇，说："邓艾以疲兵二万，溢出江油，姜维举十万之师，按道南归，艾为成擒，擒艾已讫，复还拒会，则蜀之存亡，未可量也。"（见《三国志集解》）这位后人吃灯草出虚恭！姜维回师，钟会合诸葛绪的人马，十几万大军追蹑其后，恐怕邓艾未成擒，姜维这几万人（不到十万）已先溃亡。邓艾是姜维的老对手，过去交兵，互有胜负；不会姜维一回师，他就束手就擒。相反地，邓艾与钟会夹击姜维，姜维倘有疏失，则一点老本也没有，虽欲在钟会、邓艾矛盾之中有所作为，如后来他推动钟会造反，也不可能了。《华阳国志》引姜维与刘禅密书所谓"臣欲使社稷危而复安，日月幽而复明"，这只是他的主观愿望。钟会的阴谋早给司马昭识破，姜维的阴谋钟会却识不破，姜维也是事未捷，身先死，伴着他尸体的是家破国亡，他担任这悲剧之一角色，戏太重了。

由于姜维连年出征，而又得不偿失。费祎早就劝他："吾等不如丞相（诸葛亮），亦已远矣，丞相犹不能定中夏，况吾等乎！且不如保国治民，敬守社稷。……"（《姜维传》注引《汉晋春秋》）。这位丞相兼统帅的费祎节制姜维，给他领兵不过万人。费祎忘记了诸葛亮以攻为守的战略。姜维正是诸葛亮的承继人，是明知"才弱敌强"，若"不伐贼，王业亦亡；惟坐待亡，孰与伐之"的执行者。费祎死后，姜维始得行其志。谯周著《仇国论》，更是"妄自菲薄，引喻失义"的亡国论。"象床宝帐无消息，从此谯周是老臣"，谯周这位"老臣"是惯于劝主子投降的（昔劝刘璋降，今劝刘禅降）。陈寿是谯周的学生，他批评姜维"玩众黩旅，明断不周，终致殒毙。老子有云：'治大国犹烹小鲜'，况于区区蕞尔，而可屡扰乎！"刘咸炘云："陈之贬姜，乃承其师谯周之说。"今转录斯语，以结束此篇。

刘禅与孙皓

刘禅是庸主，孙皓是暴君。刘备、孙权的子孙一降于魏，一归于晋，此乃看官们所熟知的。

我要说的，庸主往往是贤能之相所造成，他乐得安逸，让臣下搞"虚君制"。暴君则是由于他手下多是庸臣，他的暴就日盛一日了。

综观《蜀书·后主传》，刘禅生于汉建安十二年（公元二〇七年），自章武三年（即建兴元年）十七岁即位，至炎兴元年出降，一共做了四十二年的无为天子，无可称述，只是诸葛亮、蒋琬、费祎、姜维诸人的大事记。从魏景元五年（即咸熙元年）刘禅受封安乐县公，直到晋泰始七年（公元二七一年）卒，他又做了八年的安乐公。此公算是白活了六十六年，"寿终正寝"。

如果定要找出刘禅可称述的事，也有两件：一是他在诸葛亮死后，"至湔，登观阪，看汶水之流"。就是去看了一次有名的水利工程都江堰。诸葛亮在时，他是不敢临幸的。对此，后人还批评："诸葛亮既殁，汉主游观，莫之敢止。"无异于禁他在深宫之中，连应该让他去参观的地方，应该让他知道的事物，去领略一番，也遭人非议。此其一。我很为刘禅叫屈。

其二，据《汉晋春秋》，司马文王（司马昭）与禅宴，为之做蜀技，旁人皆为之感怆，所谓"凄凉故蜀妓，来舞魏宫前"，该是何等悲伤气氛，而禅喜笑自若。王谓贾充曰："人之无情，乃可至于是乎！虽使诸葛亮在，不能辅之久全，而况姜维邪？"贾充曰："不如是，殿下何由并之？"他日，王问禅曰："颇思蜀否？"禅曰："此间乐，不思蜀。"初读使人愤慨，继思之，刘禅这点倒很聪明：装蒜，卖傻，使司马氏视他为不中用的蠢才。偏偏郤正不解其中意，教他"若王后问，宜泣而答曰：先人坟墓远在陇蜀，乃心西悲，无日不思"。这样就会放你回去。郤正想得太天真，不知司马昭是何等人，会垂怜你亡国奴吗？果然，王复问如前，刘禅照此回答，"王曰：'何乃似郤正语邪？'禅惊视曰：'诚如尊命！'左右皆笑"。

这决不是教的曲子唱不来，而是越装越像，左右这一笑，他更"安乐"定了。《三国志集解》引于慎行说："刘禅之对司马昭，未为失策也。郤正教之，浅矣！思蜀之心，昭之所不欲闻也。……左右虽笑，不知禅之免死，正以是矣。"可谓知言。看官大概还记得刘备遗诏给他儿子曾云："丞相叹卿智量甚大，增修过于所望。"诸葛亮不是拍马屁语，刘备也不是护短誉儿的人。刘备倒是很会"装相"的，装老实，装仁义，装种菜，装惊雷，装哭……可见刘禅这个枭雄之子，也是有两下子的。

相反的，孙皓是极权皇帝，朕即吴国，他爱玩就玩，他想杀谁就杀谁，六亲不认，首都随意迁去迁回，不像刘禅那样窝囊。

孙皓于天纪四年降晋（距刘禅降后十三年），晋武帝司马炎太康元年封皓为归命侯，次刘禅一等。《晋书·武帝纪》："皓登殿稽颡，帝谓皓曰'朕设此座以待卿久矣！'皓曰：'臣于南方亦设此座以待陛下。'"牙尖舌利，虽败不输。然而他自己也觉得此语之不当。据《世说·排调》云，晋武帝问孙皓："闻南人好作《尔汝歌》，颇能为否?"皓正饮酒，因举觞劝帝而言曰："昔与汝为邻，今与汝为臣，上汝一杯酒，令汝寿万春。"以揶揄入颂祷，使晋武帝很后悔，大概是悔不该跟孙皓问答，有失威严吧。

《三国志集解》载晋侍中庾峻问皓侍中李仁曰："闻吴主披（剥皮）人面，刖人足，有诸乎？"李仁曰："昔唐虞五刑，三代七辟，肉刑之制，未为酷虐。皓为一国之主，秉杀生之柄，罪人陷法，加之以惩，何足多罪？"又问："云归命侯乃恶人横睛逆视，有诸？"李答："视人君相迕，是乃礼所谓傲慢，傲慢则无礼，无礼则不臣，不臣则犯罪，犯罪则陷不测矣。"孙皓这样残暴，还有旧臣替他辩解。

由此可见，孙皓为人，是很遭晋君猜忌、深恶的。所以刘禅去世，《三国志》则书"公薨于洛阳"；孙皓去世，则书曰"皓死于洛阳"。一称公，曰薨；一斥名，曰死。虽史有"书法"，其中颇能启人深思者，大概刘禅是善终的；孙皓降晋后三年，活到四十二岁，也许是西晋皇帝赐他"金屑酒"毒死的。

再版后记

三联书店愿把先父陈迩冬先生的遗著《闲话三分》再版。这让我们做子女的，又感动了一次。这本薄薄的小书在先父去世后还能一版再版，还能受到一些读书人的喜欢，此次印行又逢陈迩冬先生百年诞辰，更引起我们对父亲的深切思念和缅怀之情。谢谢读者，谢谢三联书店。

关于陈迩冬先生写作《闲话三分》时的情况和背景故实，在以前上海书店刊本的《后记》中做过一些介绍。为便于此次刊本的读者了解，我们略加补充，再复述如下——

《闲话三分》是陈迩冬先生最后的作品。他之所以创作这本书，大约有两个外在因素。一是我国改革开放伊始，人们追求文化知识的热情极高，各种学术团体纷纷成立，其中便有三国演义学会，并且聘他为学会顾问，使他不得不予关注。二是人民大学中文系教师吴小林先生为四川文艺出版社校注《三国演义》，恳请陈先生审订，促使他再读该书。但更重要的还在其内在因素。《三国演义》是历史小说，这类小说有什么特点？它是如何将历史实录与文学虚构结合在一起的？一部好的历史小说其审美价值何在？陈迩冬不是文学理论家，这些问题他回答不了，却不妨通过对《三国演义》中的一些人和事做具体的分析比较，让读者得到一点儿感性认识，这是他写《闲话三分》的初衷，亦即作者《闲话开头》所说的想"循'虚'入'实'，化'腐'为'新'"的含义。

这里要补充的是：阅读古典小说，是陈迩冬先生日常生活的一大爱好；他写过小说，有小说集《九纹龙》行世，知道小说创作的特点和甘苦。他讲授过钟嵘《诗品》，编过《近代文论选》，具有一定的文学理论修养。这些是他撰写《闲话三分》的有利因素吧。

《闲话三分》原有一个大致的计划，以百篇为度。另外，他还有写《闲估水浒》的打算。最早得知这一计划的是《光明日报》副刊主编黎丁先生，并约定在《东风》副刊上发表。既如此，篇幅就不能过长，也基于陈迩冬先生的健康原因。每周发一篇，还是可以应付的。没想到发表数篇后，读者反映很好，《团结报》副刊主编王奇先生也来组稿，于是又有了该报上的《三分支话》。同时也就有出版社前来相约最后集拢成册，终由浙江人民出版社于 1986 年 6 月出了第一版。可惜的是原计划没有完成，仅写了四十来篇，便因患了脑血栓，手脚麻木，写字歪歪扭扭，难以辨认，迫不得已，停止了笔耕。

有读者曾表示遗憾，嫌篇目过少，不够过瘾。这是没法子的事了。不过先父有个遗愿，爱好《闲话三分》的读者，大家都不妨来闲话，各抒己见，以弥补该书的不足。

现在是信息时代，关于陈迩冬先生的生平和作为，只要在互联网上搜索一下即可，无须我们自报家门了。

陈青鸟　　陈杜宇

陈　殿　　郭隽杰

2013 年 4 月 20 日